那群外星攻一点也不好吃!

THOSE ALIENS TASTE NOT GOOD AT ALL

牛奶電波男

第一章　就決定是兔女郎了。

THOSE ALIENS TASTE NOT GOOD AT ALL

世間最黑暗的時刻，莫過於此。

寬敞的會議廳一片黑暗。

一盞燈光亮起，投射著長形會議桌的主位——八零一．德古拉。

小八嚴肅地雙手交扣放在桌上，沉聲道：「相信各位都知道為何我們會於此時此地齊聚一堂。若是出了任何差池，在場的所有人——不，CUP★LID全員，將會悔恨一年、兩年、十年，甚至一生。」

又一盞燈自黑暗中亮起——投射著另一座位，一名有著捲曲白色八字鬍、被皺紋擠到看不見的雙眼、一頭往後梳的白長髮，身材壯碩、身穿管家服裝的男人身上。

「這萬萬不可草率以待。在場的任何一位，都必須將這視為比自身性命更重要的抉擇。」白色八字鬍管家冷聲說道。

第三盞燈光亮起——投射的座位上，坐著一名身穿軍裝、手持黑色長鞭，穿著黑色皮靴的女子，雙腳翹在桌面上。

就決定是
兔女郎了。

軍裝女子瞇起眼，冷聲道：「你們要怎麼做是你們的事。這次——我絕不打算讓步。」她頓了頓，才道：「——必須得是兔女郎。深V的那種。」

「哈！兔女郎？」

又一盞燈亮起——是一名身穿髒髒的白袍、頭上綁著繃帶、叼著一根菸、下巴有鬍渣的男子。

「你們難道沒有一點創意？」繃帶鬍渣叼菸男冷笑了聲，「都什麼年頭了……還兔女郎？當然得是比基尼，來個前夏日的清涼感……」

一盞燈亮起——是一名頭套挖了兩個洞的午餐紙袋、手抱素描本的女子。

午餐紙袋喘著氣說：「全……全員性轉啊！男的穿女僕裝，女的穿執事服——」

一盞燈亮起——這次，是一名戴著動漫美少女面具的橘髮男子，橘髮前端是深綠色，衣服圖案是一隻表情詭異的胡蘿蔔。

美少女面具橘髮男子開口：「怎麼說……都得是魔法少女小萵苣才行啊。除了萵苣妹妹，還要把《魔裝★蔬果》裡的魔法少女服裝全都再現於三次元中——」

「呃……」我舉起手。

一盞燈光從我頭上投射而下。

會議廳內所有嚴肅的目光都集中在我身上。

「那個……可以問一下，我們聚在這裡……到底是要幹嘛？」我問道。

「混帳東西！」小八怒拍桌，「當然是為了犒賞員工大會！這可是CUP★LID一年一度的重頭戲啊！」

「不……但是兔女郎什麼的……」

「啊？」軍裝女子持鞭站起，瞇眼冷聲道：「你對兔女郎有什麼意見嗎？」

「不，不不不，誤會誤會，兔女郎非常好。」我趕緊答道。「我、我的意思是……為什麼要討論兔女……不，比基尼和女僕裝？」

「哎呀呀呀，小貓咪……」

熟悉嗓音響起，一盞燈光投射而下——那是薔薇。出任牙印，性感巨乳大姊姊。

「你怎麼連這個也不知道呢？這可是個大消息呀！CUP★LID八十周年紀念，因此犒賞員工大會也跟著盛大舉辦——這次的敗部懲罰服裝，當然得好好斟酌啦。」薔薇笑道。

「又加上，這次司令部成員——希管．德古拉，封印了一名破壞指數高達一零九八的異行者，『蜂蜜』。」小八說道。

一盞燈投射而下，照亮會議桌正中央一只玻璃櫃。玻璃櫃裡是一層灰燼。

「這是當時使用的電牢球殘骸。將捐贈給異行者攻略博物館永久展出，恭喜他們的展品又多了一件，並且恭喜他們還沒被異行者炸毀。」小八說道。

小八他們把被白髮男電成灰燼的電牢球回收了？從那街道上？還真夠厲害，都已經化成灰了。

「好啦！看樣子，這次大家都不打算讓步啊……」小八冷笑了聲。「那麼，只好用廝殺的了。」

「但是在這之前……」小八頓了頓，看向八字鬍管家，問道：「縱波，怎麼又是你？你們抵禦部的軍長呢？」

「軍長睡過頭了，由在下擔任軍長的替身。」八字鬍管家嚴肅說道。

「嗯，好。」小八看向八字鬍管家身旁的黑暗，說道：「那麼，抵禦部參謀，冰點……」

燈光亮起，那裡坐的是一名身穿旗袍，頭上綁了三個髮包、手持長鉞的小蘿莉。

「吾在此！」小蘿莉喊道。

「……怎麼是妳？冰點呢？」小八問道。

「參謀正在設法叫醒吾輩軍長！因此，由吾——抵禦部第三兵團之兵團長——中子，暫代參謀之位。」旗袍小蘿莉嚴肅道。

「嗯，好。」小八應道。

她環顧眾人一圈，所有還沒亮的投射燈都在此時亮起，照出會議室裡所有人——CUP★LID司令部、抵禦部、開發部、研究部、攻略部的重要人士，都集中在這座會議廳之中——除了睡過頭的抵禦部軍長和衝去叫醒他的參謀。

「那麼，首先由抵禦部軍長替身，縱波，代表軍長發言。」小八看向八字鬍管家。

「在下認為……」八字鬍管家面色凝重，「只要是蘿莉，穿什麼都好看啊！」他激動地拍桌，「那纖細的身材，纖細的手腳，嬌小可愛小小一隻怎麼說都……」

「閉嘴，蘿莉控。」軍裝女子翻了個白眼。

「接下來換抵禦部參謀代理——中子。」小八看向旗袍蘿莉。

旗袍蘿莉清了清喉嚨，「吾認為……應當加裝鐐銬桎梏，方有懲罰之感。」

「哦，手銬是嗎？」繃帶鬍渣叼菸男挑眉，「不錯，如果是比基尼加上手銬，效果應該會倍增……」

「好，開發部道具組組長——類固醇，換你。」小八看向繃帶鬍渣叼菸男。

繃帶鬍渣叼菸男吐了個煙圈，整了整髒汙的白袍，驚飛幾隻蒼蠅，說道：「怎麼說……都得是比基尼啊。遮得剛剛好，又露得過癮乾脆。」

就決定是
兔女郎了。

「開發部硬體及硬體維修組組長——醣類？」小八看向一名戴著深色護目鏡，不斷吹出口香糖泡泡的矮小男子。

護目鏡口香糖男啵的一聲吹破了口香糖泡泡，說道：「都可以，沒意見。」

「開發部軟體組組長——維生素。」小八看向護目鏡口香糖男身邊，戴著動漫美少女面具的橘髮男子。

「《魔裝★蔬果》裡所有魔法少女服裝。尤其是魔法少女小萵苣。」橘髮男子說道。

「研究部部長——橡皮擦。」小八看向一名套著挖了兩個孔的白色布料頭套的女子。

「嗚呼呼呼……只、只要有美麗的基因體結構……讓我用顯微鏡看看你們的細胞！」

白色布料頭套女猛地跳起，撲向——呃？撲向我？

「冷……冷靜點，部長。」頭套午餐紙袋的女生，一記手刀敲在白色布料頭套女後頸，白色布料頭套女往後倒下，打起呼來。

「呃……我、我是墊板，今天輪班來輔佐部長，請多多指教。支持全員性轉，男生穿女僕裝……」午餐紙袋女喘氣說道。

「非常好。」小八嚴肅而讚賞地頷首。「接下來就是攻略部了。攻略部後勤組組長，荊棘。」

「兔女郎。」軍裝女子即答，拉緊黑色長鞭，「用貼身布料凸顯出美好身材胸口深V剪裁雙腿穿上符合個人特色的絲襪或網襪脖子上一定要套一個打了領結的假領口手腕上也必須要有假袖口至於扣子呢每個人的扣子造型都可以用不同設計當然兔女郎裝的顏色也要配合個人特色例如小百合就可以是純白兔女郎裝風鈴草呢可以是淺藍綠的兔女郎裝喔話題偏了總之必須要是貼身兔女郎裝就對了兔耳和兔尾的部分當然也有黑兔白兔花兔雪兔野兔棕兔長耳兔短耳兔垂耳兔的分別……」

將眼神移開鼻血狂流的軍裝女子，小八轉而看向一旁的薔薇：「攻略部出任組組長，薔薇。」

「哎呀呀……」薔薇將右手撐在頰邊，「哪種都不錯呀……不過，這次我就投兔女郎好了。」薔薇看向軍裝女子——荊棘。

荊棘塞了兩團衛生紙止住鼻血，看向薔薇。

「薔薇，欠妳一次。」荊棘說道。

「別客氣，下次請我喝瓶維納斯沼澤就好。」薔薇笑道。

「十瓶都沒問題。」荊棘放下手中長鞭，和薔薇握了握手。

「好，接下來是攻略部醫務組組長……」

「內臟！」粉紅頭喊道，揮舞著一支巨大針管，「內臟，內臟……只要用內臟妝飾，所有人類都會顯得無比艷麗啦✚」

「嗯，好。」小八說道。「接下來是司令部的希管．德古拉。」

「什麼？！」我大驚，「我……我也要提？」

「當然。」小八說道。

「呃……好、好吧。」我搔搔頭，「那就……穿 CUP★LID 制服？」

所有人一致翻了個大白眼。

「就某種意義而言……這對敗者來說的確是種懲罰。對勝者而言也是就是了……」綁帶鬍渣男叼著菸說道。

「那麼，我們來統計一下票數——好，兔女郎以兩票勝出，就決定是兔女郎了。」小八起身，拍了拍手，「好啦！散會！犒賞員工大會別給我遲到……縱波，記得叫醒你們軍長，今年他一定得出席。」

高層人士們離開座位，一路上還喃喃抱怨著自己提議的沒被選上，陸續走出會議廳。

喀嚓！

燈暗了，人也走光了。

就……就這樣？你們就是為了這個，讓我請了整個上午的假？天啊！CUP★LID的高層人士怎麼這麼閒啦！

拿起書包離開座位，正準備走出這黑暗的會議室——

啪嚓！

一陣冰藍電光閃現。

我看向長形會議桌中央的玻璃櫃。

「吸管！再不出來，你就要被丟在這裡啦！」小八在外頭喊道。

「來了、來了！」我趕緊跑出門外，到了小八身邊後，皺眉道：「剛剛，玻璃櫃裡的灰燼……」

「怎麼了？」小八皺眉。

「發出了冰藍色電光。」我緊張地說道。

小八面色凝重，一手搭上我的肩。

「哥哥。這麼想和會放電的白髮男配成對就早說嘛，我立刻去找人COSPLAY一個出來……」

轟！

會議室內猛地爆出一陣冰藍電光，我被爆炸氣流轟得跌坐在地。

煙塵散去後，會議室內滿是焦痕，牆壁焦黑、金屬坐椅的外側也黑了。桌面上的玻璃櫃已碎裂，灰燼散得到處都是。

「那……絕對不是正常現象。」小八說道。

「非……非常同意。」我從地面爬起身。

「發生什麼事了？」八字鬍管家趕到，呆呆看著冒煙的會議室。

「我的天啊……這、這是……恐怖行動？」繃帶鬍渣叼菸男手中的菸掉落地面。

方才離開的高層人士聽見爆炸聲響，幾乎全趕了回來。

「非常遺憾，異行者攻略博物館拿不到這份紀念品了。」小八說道。「保留現場，除了研究部和開發部道具組，誰也不許進去。」

小八看向揹著白布頭套女的午餐紙袋和繃帶鬍渣男。「研究部、開發部道具組，立刻召集所有人員，分析這些焦炭的每一寸，直到找出藍色電光出現的主因。」

第二章　世界知名模特兒．白蘭地，確定返國！

兩個禮拜後的早晨，我一如往常地去學校，上完一堂無聊至極的數學。

嗯……那灰燼到底是怎麼回事呢？還有那冰藍電光……怎麼想都不正常。已經兩星期了，不知道研究報告什麼時候才會出來，萬一那真的是異行者就……

「那、那是什麼？！」窗邊的七仔一陣驚呼。

「往、往這裡來了！」手榴彈也喊道。

「鳥？」

「飛、飛機？」

「不，那……那是總裁啊！」

……啥？

我跟著看向窗外，還來不及反應，窗戶就被撞破。

班上同學一陣尖叫。

世界知名模特兒・白蘭地，確定返國！

我抬起頭，發現桌面上……站著一個總裁。背後有著一雙天使翅膀，幾乎全裸，只穿著一條兜襠布的總裁。

既然如此，為什麼我會知道他是總裁呢？因為他的兜襠布上寫著「總裁」兩個大字。

這個半條手臂那麼高的總裁模型，就這麼站在我的桌面上。

全班呆滯，正在黑板上寫著二項式定理的老眼鏡手中的粉筆折斷。

「你就盡量脫下我的兜襠布吧！總裁不怕你脫。」總裁模型抬頭看著我發出了聲音，還嘎吱嘎吱地擺出雙手叉腰的帥氣姿勢。

我呆呆看著總裁模型。

全班呆呆看著我桌上的總裁模型。

老眼鏡的眼鏡從鼻梁上掉落，啪嚓一聲掉到地面裂開。

「少年，來脫我的兜襠布吧。」總裁又說。

我呆呆看著總裁模型。

全班呆呆看著我桌上的總裁模型。

地面上，老眼鏡的眼鏡啪嚓一聲又裂出一條縫。

啪唰——

總裁的兜襠布掉了下來。

在這短短的零點一秒之內，我正要擺出驚恐的表情時，總裁背後的潔白翅膀非常完美地向前搧，遮住總裁模型的重點部位。

「少年，既然你都脫了，這條兜襠布就送給你吧。」總裁模型瀟灑一笑，轉身飛出窗外，留下我桌上一條四分之一比例的兜襠布。

全班看向我。

「不是我！不是我脫的啊！真的不是我啊啊啊！」我慘叫著跳起身澄清。

這時我才注意到，被脫下來的兜襠布內側寫著幾行字：

吸管，午餐時間帶著便當到體育館後面，灰燼的事。

最愛你的妹妹．小八留

果……果然是妳啊啊啊啊啊啊啊啊！傳個訊息幹嘛沒事用天使總裁模型啦啊啊啊啊啊！

「吸管。」七仔一拍我肩膀。

世界知名模特兒‧白蘭地，確定返國！

「我們早就知道了，你果然有這種興趣。」手榴彈嘆了口氣搖搖頭。

「我沒有啊啊啊啊！你們沒看見那總裁是自己從窗外飛進來的嗎？！」

「那是總裁天使對你降下的福音啊。」手榴彈一臉溫柔。

降下福音個頭啊！總裁天使是什麼鬼啊！什麼鬼啊！給我說清楚啊！

七仔拿起一旁女同學藏在數學課本下面的男性模特兒寫真集，在我桌上攤開，說道：

「你喜歡的就是這種吧。」

男性模特兒寫真集上寫著「世界知名模特兒‧白蘭地，確定返國！」幾個大字。

寫真集攤開的那一頁，是一名斜躺在暗紅鵝絨床鋪上，除了重點部位用暗紅鵝絨布料遮住之外，全身赤裸露出完美白皙肌膚和身材線條的模特兒。有著淺棕色頭髮和一雙綠色眼睛，帥到讓人想用加農砲給他炸個三百回。

「不不不不不！我才不喜歡這種東西！」我喊道。

「嗚啊啊啊！七仔，你怎麼可以拿我的白蘭地寫真集給他啦！」白飯哭了起來。因為她吃飯常常會有飯粒黏在臉上，所以綽號白飯。

「對、對不起，這個還給妳……」我趕緊抄起寫真集，想還給白飯。

「不要啦！那個沾過髒東西了啦！我才不要沾過總裁內褲的白蘭地寫真集啦——」白

飯悲傷地哭泣著。

「吸管弄哭女生了——」七仔搭上我的肩。

「明明就是你害的！」

叩叩叩叩叩，一陣高跟鞋踩過走廊的聲音，女教官走了進來。

「各位同學，現在是上課時間，你們在吵什麼咦這不是白蘭地的寫真集嗎！」女教官驚喊，掩飾性地咳了兩聲，嚴肅說道：「竟然帶這種東西來學校，希管同學你真有眼光……不，太沒紀律了，沒收。」

教官抓起白蘭地的寫真集，走出教室，絲毫沒注意到碎了一地的窗戶。

★

中午的鐘聲響起，我深深嘆了口氣，拿著便當從座位站起。

「希管……」九世正要來找我，卻被白飯和其他女生用愛慕的眼光圍住，積極地詢問他要不要一起吃便當。

「九世……我有點事要處理，你就和她們去吃飯吧。」

世界知名模特兒．白蘭地，確定返國！

扔下這句話，我就走出了教室。走下樓梯，離開高中部校舍，往體育館前進。

灰燼的事……冰藍電光的研究有新進展了嗎？到底是發生了什麼事，緊急到需要在午餐時間會面？不，真的很緊急的話應該會叫我去CUP★LID總部才對啊，沒道理在體育館後面集合。而且還不是當時立刻就去，而是約在午餐時間。

越想越覺得不對勁，為了快點抵達體育館得到答案，我決定抄個近路。器材倉庫和射擊館之間應該有個類似防火巷的小通道，可以直接通到體育館後面。

好，就從那裡走吧！

沒走多久，就到了小通道前，我拐個彎走了進去。

砰！

我撞到了一個人，頭暈眼花了一陣。

正要道歉，卻突然發現幽暗通道的地面上——躺了許多個人。零星血跡散落在地面。

我緩緩抬起頭，看向我撞到的那個人。

他有著一頭紅髮，耳朵上戴了許多金屬耳環，其中一枚是顯眼的骷髏樣式，胸前也掛著非常顯眼的金屬骷髏項鍊。他身上穿著我們學校的制服，但是一顆扣子也沒扣，露出裡頭穿的衣服，衣服上畫著嘴裡咬了什麼的骷髏頭圖樣。

紅髮男嘴角淌著鮮血，墨綠色的雙眼睥睨著我，視線如兩道利刃。

陰暗的小通道……地上的人……血跡……他嘴角的血……

吸吸吸吸吸吸血鬼啊啊啊！！！

我們學校有吸血鬼啊啊！殺人啊！吃人現場啊！快快快快快點報警……不對，這報警應該沒什麼用，應該要找那種除魔大隊、教會除魔團、聖騎士、和尚、誦經團啊啊啊啊啊啊啊！

呃？不對，這麼說來我這牙印不也是吸血鬼嗎？他他他也是牙印？吃人的牙印？喝來路不明的血的牙印？我們牙印才不會這麼不衛生啦啊啊！我們都吃有Ｃ★Ｌ認證的食物，沒在喝血的啦！那又不甜！

這傢伙是野生的牙印吧？我、我們都是同類……不、不要喝我的血啦啊啊啊啊啊！

「嗯？」紅髮男冷冷看著我，瞇起雙眼。「還有殘黨嗎？」

他將手伸向我。

我飛快衝出暗巷，往體育館狂奔。

世界知名模特兒・白蘭地，確定返國！

好不容易趕到體育館後方，就見小八和砂金呆呆看著氣喘吁吁的我。

「你……原來這麼急著想知道灰燼的資料啊？」小八說道。

「器……器材倉庫那裡，有、有有有有吸血鬼……」我邊喘邊牙齒打顫說道。

「你自己不就是吸血鬼？」砂金皺眉頭。

「那、那不一樣！我看見他吸了一堆人的血，好多人倒在地上……」

「呃……吸管，你應該知道牙印的行蹤、數量都是受到監視、管制的吧？要真有這樣的事發生，TEACUP他們不會坐視不管啊。」小八皺眉說道。

TEACUP全名為「Toothprint Education, Administration and Confinement Universal Program」，是「牙印教育、管理與管制計劃局」，簡稱TEACUP或牙印管制局。有牙印刑事管理處、牙印民事管理處、牙印特殊事務管理處等等，主要是監視、管理、管制牙印，還有牙印犯罪審判等等。

畢竟牙印比起普通人類，無論體能、視力、聽力、恢復力都強太多了，一旦暴走就會釀成嚴重災禍，必須由這個組織嚴加管制。

但說實在的，現在世界上的牙印也沒多少個，無論純種或混血，加起來最多也只有三位數吧。而純血牙印——例如我、小八和小百合她們，全世界加起來更是只有兩位數。

「我們學校怎麼可能會有吸血鬼？」小八皺起眉，「我看你是昨天爆炸受到太大的驚嚇，現在才……」

「才不是！我、我我我我真的看到了！那是一個紅頭髮的傢伙，耳朵上有骷髏耳環、戴著骷髏項鍊，制服裡面穿著骷髏衣服……」

「哦？」砂金咬了一口馬鈴薯沙拉三明治，「那些骷髏嘴裡是不是都咬著什麼？」

我一愣。

「對，有咬著……」

咬著什麼……好像的確是咬了什麼的骷髏……到底咬著什麼？心臟？大腦？腎臟？

「那是我們學校的番長吧。」砂金邊嚼三明治邊說，「據說打敗了所有不良少年，兇狠邪惡甚至會毫不在意地打小孩的傢伙。你撞見的大概就是他剛打完架的場面……那些骷髏裝飾，是他最愛用的品牌 Skullmato，品牌標誌是一顆骷髏咬著番茄。」

「呃……番茄？」

「好像是他能把人腦當番茄吃、腦漿當番茄汁喝的意思吧？」砂金滿不在乎地聳聳肩。

世界知名模特兒·白蘭地，確定返國！

「總之，據說是個危險傢伙。」

天、天啊！太恐怖了，我的腦漿差點就被他像喝番茄汁一樣喝掉了！幸好我逃得快……這種傢伙怎麼能在學校裡讀書啊？應該要被關在七層鐵壁的地牢裡才對吧！

「不過這些有一大部分是流言啦……有可能是他讓手下散播出去、壯大聲勢的謠言，聽一聽參考就好。啊對，他好像和我們同一屆喔。」

「同……同一屆？」

「是啊。就已經當上番長了喔。」砂金又咬了一口三明治，「所以才說他是個危險傢伙嘛。」

怎、怎怎怎麼辦？我今天早上剛好看見他的犯案現場，他該不會已經盯上我了吧？會不會已經記住我的臉，打算像喝番茄汁一樣把我的腦漿喝光？沒……沒關係，至少就種族而言，我、我是比人類強很多的牙印，真真真真真正的吸血鬼，要喝也是我把他的腦漿像喝番茄汁一樣喝……噁，我才不要喝那種東西！

「好了好了，這種不良少年青春校園戀愛BL喜劇的展開氛圍是怎麼回事啊？」小八翻了個白眼，「枉費我為了節省時間，提早傳訊過去。」

「傳訊……妳還說！妳太過分了！竟然讓一個、一個天使總裁撞破我們班窗戶，還要我脫他兜襠布！」我怒道。

「啊啊……你那還算客氣呢。」砂金將視線放在遠方，雙眼失去焦距，「我可是被一隻性感ＳＭ惡魔總裁鞭醒的啊。」

「在頂樓睡覺睡到一半，突然被一隻四比一的性感ＳＭ惡魔總裁模型抽了兩鞭……他說CUP★LID傳來了消息，要我拔他的內褲接收，好不容易卯足了決心去拔，他竟然又說要我給他鞭打三下才願意把消息給我……」砂金一臉暗沉地靠在牆邊。

「這、這這這是什麼浪費時間的功能啊！」我驚喊。

「嗯，看來『十七使徒❤LOVE LOVE總裁天使』和『讓我鞭吧★SEXY總裁惡魔』都非常良好地完成任務了。」小八拿出一只小型的半透明粉色面板點了幾下，「不過『讓我鞭吧★SEXY總裁惡魔』的行動順序應該改一下，還有把他的內褲改成有金屬扣環的黑色皮內褲比較適合……」

「妳、妳妳妳不是說有急事嗎？怎麼還有時間記這個啊！」我看著小八在小型半透明粉色面板上飛快做記錄，竟然還用面板投射出粉色的總裁立體數位模型來修改。

「我的總裁要試飛啊！」小八一臉嚴肅。「當然是為了試飛，才派他們去傳訊的。不然你以為我特地在這種時間點叫你幹嘛？真的那麼急，早就直接把你綁到CUP★LID了。」

世界知名模特兒・白蘭地，確定返國！

「我……我要辭職……」我和砂金一起靠在牆邊，流下無聲的淚水。

「好啦，開玩笑的。」小八收起面板，「現再來講正經的吧。」

「研究部的研究結果已經出來了。」小八說道。

我一愣，看向小八。

「目前確定，那些灰燼裡包含的冰藍電能，並不是這個世界的產物。你之前遇到的白髮男，很有可能是……」

嗡——嗡——

突然一陣警笛鳴響。

校內緊急廣播系統開啟：「異行者入侵，異行者入侵，請同學盡速前往地下避難室——異行者入侵，異行者入侵，請同學盡速前往地下避難室——」

我和小八、砂金對看了一眼，立刻起身往校門口衝。

「這次未免也太頻繁了……怎麼這麼快又有異行者？」砂金邊跑邊問。「該不會是九世的封印出了什麼問題吧？」

「不，應該不太可能……他也戴上了異行者禁制器，要是意圖衝破封印……CUP★LID一定會先得到警報。」我邊跑邊戴上耳機。

「狼毫！報告情況。」小八壓著她的耳機說道。

「總司令，第四區出現了強烈的異能反應，破壞指數七六四，但不太穩定，很可能是藍磁種的變異體……」狼毫的聲音同樣也傳到我的耳機。

「穩住現場情況，先讓出任牙印待命，我馬上過去。」小八說道，一壓靴子側邊，靴子發出一陣粉色光芒，變成一雙長靴型溜冰靴。她開始全力衝刺，不出三秒就不見蹤影，只留下一道粉紅色殘光。

「天啊！運動會有這種道具，所有獎項都讓我們班包了。」砂金嘖嘖兩聲。

「希管！」九世的聲音。等我發現時，他已出現在我身邊。

「九世！」我驚呼。

「發生什麼事了？」九世問。

「呃，這個……」我皺眉，「你應該要和其他人一起去避難……」

「不，我要跟著你。」

「為什麼？」我愣了愣。

「現在的情況很危險？」九世問。

「嗯……沒錯，所以你應該去避難……」

世界知名模特兒‧白蘭地，確定返國！

「但你沒去避難。」九世說道。「我必須待在你身邊，不讓你受到任何傷害。這是我的誓言。」九世蜂蜜色的眼眸看著我。

「這……」我一時間不知該說什麼。

「哎——唷——」小八的嗓音從耳機傳來，「既然九世都這麼深情的告白了，我又怎麼能拒絕呢？」

已、已經到司令部了？未免也太快……

「你們兩個這樣就近放閃，對眼睛殺傷力不小啊。」砂金搖搖頭嘆了口氣。

「等……等等，小八妳說……」我怔怔反問。

「沒錯，讓他來吧。如果要他等在學校，他肯定不同意。硬是把他拖到避難室去，說不定他一個火大，真的衝破封印了可怎麼辦？」小八說道。

「那……那……」

「我會讓他在司令部外頭等著的，你放心。在總司令一職上，我還沒瘋狂到需要你來操心，最基本的 CUP ★ LID 規則一定會遵守。」小八涼涼道。

妳一直以來都瘋狂得讓我很操心……

沒過多久，我們抵達了 CUP ★ LID 飲料自動販賣機。

在我用ＶＩＰ卡點飲料的時候，砂金邊翻白眼邊按了密碼先到CUP★LID司令部去了。

我點了一杯彩虹蘇打，拿著冰冰涼涼的飲料杯之後，才拉著九世到販賣機後面。

嗯……既然九世要留在司令部外面，那我還是從CUP★LID中樞繞道好了。

「九世，抓緊我喔。」我一手搭著九世的背，另一手按了一串數字。

咻！

我們抵達了CUP★LID中樞。

「好了，九世，我們在這裡就很安全了。你可以先在這裡等嗎？」我看著九世。

九世微微蹙起眉，蜂蜜色的眼眸透出擔憂。

「你放心，沒事的。不過就是坐在那裡點幾個選項，不是什麼危險的工作。而且小八和砂金也都在那裡。」我安慰道。

九世沉默片刻，點點頭。

「我很快就回來。」扔下這句話，轉身走向司令部。

手突然被抓住，我回過頭。

九世看著我，說道：「小心。」

世界知名模特兒‧白蘭地，確定返國！

我愣了愣，露出一個能讓他放心的笑容，拍了拍他的手道：「我會的。」

然後走向司令部。

九世這傢伙明明長得那麼高大英俊，卻總覺得他越來越像一隻大黑狗。也難怪他會和夜空不合了，因為夜空一般都是變身成貓嘛，個性也像貓……貓狗果然處不好啊。

我走進司令部，披上小八的副官遞過來的 CUP★LID 制服外套。同樣的亮粉色制服，同樣的灰髮詭異副官。

因為多了一個砂金，司令部的智囊團座位已經變成九人座了。我、砂金、虎皮大姐、兔毛、鵝絨、狐裘、狼毫、蜥鱗和鬍子拖地老頭。

我坐到唯一空著的座位上，喝了一口彩虹蘇打。喔，好喝，夠甜。可是得先把水果凍霜攪開才會真的夠甜。

「你還是一樣慢啊，吸管。」小八酸道。

「那就給我一雙和妳一樣的靴子嘛。」我翻了個白眼。「這次的異行者是怎麼回事？」

「看樣子……我們找到了毀損我們會議廳的元凶。」小八雙手環胸看著螢幕上的一片焦土，隱約能見焦土中央站了一個人。

前方大螢幕出現了異行者的特寫。他有著一頭白髮，頭上有兩搓翹成閃電狀的頭髮，戴著一副冰藍色頭戴式耳機。

那是……CUP★LID替九世下套那天，我從東區海灘回來時——在路上遇到的、替我撿起電牢球的白髮男。

第三章　男子漢大丈夫注定被淚水淹死

「藍磁種，代號『牛奶』。」小八說道：「吸管，他就是你說的那個白髮男吧？」

我看著螢幕，這才注意到……這白髮男和我當初遇到時有些不同。他的臉上、手臂上，充滿了一條條閃耀著銀藍光芒的紋路，十分具有科幻感的紋路。

「雖然有點不同，不過……對，就是他。」我說道。

「今天要找你們說的就是這個。在電牢球的灰燼裡檢測出的冰藍電能，並不是這個世界的能量產物。」小八說道，「那是藍磁種特有的電能。只是比那強上更多……他是『藍磁種』的變異體，目前破壞指數七六四，無法掌握之後的數值會提升、下降或保持不變。」

「變異體……那……的確很棘手。」我問道：「現在派的是哪個出任牙印？」

「之前是薔薇，在差點被電焦前緊急回收。現在是月桂。」小八說道。「這個異行者的情緒非常不穩定，似乎也無法控制其能力。」

「是嗎……」我皺起眉。

「嘿，小管。」坐在我旁邊的砂金轉頭道。

「幹嘛？」

「現在……『月桂』這個牙印要上場了？」

「對啊。」

「藍磁種是什麼意思？」

「CUP★LID 幫異行者分的種類，藍磁種的特性是電能。」我答道。

「哦，多謝。」砂金靠回椅背上，繼續看著螢幕。

這傢伙對 CUP★LID 工作倒還滿認真的，竟然會主動發問求解，不像在學校能睡就睡能翹就翹。

就在此時，氣質女神月桂上場了。

她穿著飄然的白色連身長裙，一頭銀髮如月光般閃耀，配上戴了金棕色隱形眼鏡的雙眼，有如從古老神話裡走出來的女神。

「等……等等等等等……」砂金突然喊道，「這、這這這個月桂……就是那個月桂？」

我一呆，看向他，「什、什什麼？怎麼了？」

「那個氣質女神……享譽國際的知名模特兒，月桂啊！」砂金喊道。

「哦，對……月桂的確是模特兒。」

「原來月桂是牙印嗎……話說回來，竟然讓月桂身陷險境攻略異行者……」砂金嘖嘖兩聲，「不愧是CUP★LID……真是大手筆啊。」

「啊啊……她可是我們CUP★LID三大女王之一——笑面黑女王啊。」我說道。

月桂踏著優雅柔和的步履，緩緩走向低頭站在焦土中央的異行者。

「剛剛薔薇一句話都沒說就被電焦了，這次我們必需先發制人。」小八說道，「開啟手動分析系統。」

「是。」鵝絨答道。

不過片刻，螢幕上就出現了三個選項：

①你好，我是月桂。我准許你吻我的鞋。

②你沒事吧？一個人在這裡做什麼？受傷了嗎？讓我用皮鞭幫你療傷吧★

③發電少年★用愛的電流讓我全身酥麻吧❤

……嗯，是我的錯覺嗎？還是這些選項真的越來越詭異了？

「好了，選吧！你們有三秒。」小八下令。

砂金這才回神，一臉為難地盯著桌面三個按鈕。

心中天人交戰了整整三秒，我在最後一刻按下第二個按鈕。

大螢幕上出現了統計結果圓餅圖，①佔百分之五十，②佔百分之三七點五，③佔了百分之十二點五，意思是①四票②三票③一票。

「誰選三的？」小八問。

「呵呵。」老頭笑呵呵地舉手。

「好，那就決定是一吧。畢竟是我們的笑面黑女王嘛。」小八按下月桂的通話鍵，下令：「月桂，選一。」

月桂步履悠然地走近異行者，露出溫和無害的微笑，柔聲道：「你好，我是月桂。」微微歪頭，接著要說「我准許你吻我的鞋」時，螢幕突然藍光一閃。

司令部一陣驚呼。

「糟糕，又被電焦了！」

「可惡，如果是在講完『我准許你吻我的鞋』之後才被電焦，那還情有可原……」

「兩個出任牙印陣亡……」

小八嚴肅下令：「回收月桂，動作快。立刻送到醫護組去，避免二次傷害。」

月桂從螢幕消失後，兔毛問：「那……總司令，接下來要派誰出場？」

小八沉吟片刻，而後道：「百合。」

如果是一個月前，所有人都會在聽到小八這麼說之後歡呼地球有救了，但現在氣氛依舊凝滯。

鵝絨把命令傳達下去後，小八突然壓著耳機，皺眉道：「什麼？」

所有人都看向她。

小八壓著耳機說道：「妳們也知道 CUP ★ LID 的規定……嗯，這點確實沒有明文禁止……好吧，但妳必須親自說服他……嗯，好，那我把妳的影像傳到大螢幕上，妳兩秒之後可以直接開始說話。」

把影像傳到大螢幕上？這是怎麼回事？

正疑惑時，大螢幕就出現了影像——那是小百合。

「小、小百合？」兔毛驚呼。

小百合垂著眼眸，片刻後才抬起綠眼，悲傷地看著鏡頭，柔聲道：「希管……」

「呃？」我愣住。

「希管，你在嗎？」她又問了一次。

「噢！」我趕緊按下通話鍵，「在，我在。百……百合小姐，怎麼了？」

「你不必叫我『百合小姐』……叫我『百合』就好了。」她笑了笑，笑容裡卻仍藏著無限深沉與哀傷。

「是……百、百合，妳怎麼了？」我問道。

「是……是這樣的……」說到這裡，她突然啜泣起來，即使不斷用手抹去眼淚，更多的淚水卻如斷了線的珍珠滾下臉頰。

「百、百合！」我驚呼。

「不，我失態了……很抱歉。」小百合抹去眼淚，吸了吸鼻子，露出一抹微笑。「其實……我從小就很怕……嗚嗚……電器……」

「呃……怕……電器？」我皺眉反問。

「沒錯。所以這種……這種……會漏電的異行者……嗚……」小百合又哭了起來。

「百、百合小姐！別哭了，我能替妳做些什麼？」我慌張地問道。

「你、你願意幫我嗎？」小百合抬起臉，水汪汪的眼中流露出一絲希望。

「是的，只要我能辦到的，我什麼都願意做。」我趕緊道。

「太……太好了！」小百合破涕為笑，「希管……」

「什麼？」

「你可以代替我去攻略『牛奶』嗎？」

「什、什麼？！」我驚呼。

「不……不行嗎？」小百合又開始泛淚。

「不……不是這個問題……不是還有其他出任牙印嗎？我、我只是個智囊團……」

「嗚……嗚嗚嗚……」小百合傷心欲絕地掩面哭泣。

「小百合！怎、怎麼了？」我慌張地問道。

「她們……她們都……」小百合一抽一搭地說道，「她們也都……有過關於電器的心理創傷……所以……嗚嗚嗚，很……很怕電器……」

「啊？」我愣了愣。

「拜、拜託！」小百合淚眼汪汪地盯著我——正確來說是盯著鏡頭。「這件事……我只能拜託你了，希管……」

「但、但是……」

「希管……」

「可、可是……」

「嗚嗚……你不是說只要你能辦到的，你什麼都願意做嗎？」

「呃，是這樣沒錯……但是……」

「希管……」小百合微微仰起頭，盈著淚水的綠眸向上看，眼底充滿了無限哀戚、悲慟與絕望。

「這、這是『絕對角度』加上『淚眼凝望』的 combo 技！」兔毛小聲驚呼。

「天、天啊……不愧是小百合，連風鈴草的絕招『淚眼凝望』也能這般運用自如……」狐裘讚嘆。

小百合無助的雙眼滑下無數淚珠，露出一個勉強的笑容：「好吧，那我也只能……嗚嗚……去了……嗚嗚嗚……」

「不！小百合！」我慌張地喊道，「不要勉強妳自己！」

「但……但是……」小百合抽噎，「我又能怎麼辦呢？只……只能設法面對……嗚嗚……恐怖的電器……嗚嗚！嗚嗚嗚……」

「小百合！」我頓時感到萬箭穿心。

我實在太過份了，竟然為了一己之私，讓小百合哭著去面對內心最深層的恐懼……讓

男子漢大丈夫注定被淚水淹死

一個弱女子去面對那樣一個異行者！我怎麼會這麼邪惡呢？我怎麼會如此自私呢？我這樣還敢口口聲聲說自己是男子漢嗎？愧疚感頓時淹沒了我。

沒錯，是男子漢的話，就該在這時候挺身而出！

「小百合，妳別擔心。」我說道。

小百合抬起臉，綠眼閃動著瑩瑩淚光。

「我代替妳去。」

「真、真的嗎？」小百合眼中流露出希望的光輝，「嗚嗚……」她抹去眼角的淚水，「抱、抱歉……我太感動了……」

「小百合……」我更加為剛剛自私、邪惡、卑劣的自己感到愧疚與自責。

「謝、謝謝你，希管……」小百合露出如雨後晨光一般的笑容，「真的……很謝謝你……」

「不會！這是我應該做的！」我趕緊道。

「謝謝……」小百合的微笑。

啪嚓！

螢幕切換回異行者站立在焦土中央的畫面。

我的心中仍充溢著自責、愧疚、感動與壯志豪情。

「好了，吸管。」小八的聲音將我拉回現實。

「嗯？」我愣了愣，發現全司令部的人都盯著我。

「大家都聽到吸管說的話了吧？」小八挑眉。

「聽——到——了——」所有人一致回答。

「那麼，吸管……」小八微笑。

我突然覺得一陣寒意自腳底竄上腦門。

「幹、幹嘛？」

小八笑咪咪地從司令桌下拿出一套衣服：「拯救世界就交給你了。」

那是一套貓耳貓尾性感棕色貓女裝。

砂金拍了拍我的肩膀，露出燦笑。

……幹。

第四章 會對電器產生陰影是必然的請節哀順變

THOSE ALIENS TASTE NOT GOOD AT ALL

走在一片焦土上，我卻只覺得從身體冷到心底。

我身上穿的是一套（據小八說）配合我淺棕色頭髮挑選的貓裝：一對淺棕色貓耳、一條貓尾，無袖貼身上衣，短褲，還有貓臂般毛茸茸的長手套，讓我的雙臂只露出手指前端。

這根本就是預謀，是預謀吧！為什麼連服裝都準備好了還這麼合身！

別開玩笑了，一個戴貓耳貓尾的男人出現在異行者面前，異行者不把我秒電爆才怪！

天啊，我完蛋了！我好不容易回歸的正常生活就要在今天結束了！悲慘又恥辱地結束了！

天啊！我才不要在這種穿戴貓耳貓尾的狀況下被電死，全裸被電死都比這個好啊！

「吸管，放輕鬆，你穿起來非常合適。」小八安撫道。

這根本沒有任何安慰作用。

「就是說啊，小管。連我看了都覺得很可愛呢。」砂金涼涼道。

你這傢伙閉嘴。

「好，那就開始手動分析選項囉。」小八提醒道。

等著選項分析出來時，我遠遠看著低頭站立在焦土中央的牛奶。看著周遭被電焦的情況，我就覺得……一分鐘後我的骨頭應該會變成黑色的吧。

沒多久，隱形眼鏡傳來了選項：

①我是一隻迷路的貓咪，可以告訴我通往你的心的方向嗎喵★

②喵嗚！請不要欺負我嗚！

③喵喵★請讓我成為你專屬的性感小貓❤

嗚喔喔！這、這些都是什麼選項啊！怎麼三個都是來亂的啊！該不會因為用了手動分析，CUP★LID主機就傲嬌了不爽我了吧！別這樣啊，主機！用手動的並不代表你分析能力不佳啊！

「真難抉擇……吸管，選二吧。」小八下令。

什、什麼！②嗎……好吧，總比①和③正常那麼一點點。

我硬著頭皮，踏過一整片感覺一分鐘後會變成我的屍體的焦土，緩緩靠近白髮異行者。

會對電器產生陰影是必然的
請節哀順變

不過，話又說回來，這個異行者一直戴著耳機，真的聽得到我說的話嗎？該不會之前兩個被電，都是因為異行者壓根沒聽到她們說話？

「吸管，等一下說的時候，記得軟軟跪坐在地，把你可愛的貓掌抵在臉旁，用無辜又可憐的表情說喔！」小八叮嚀。

什……什麼！這、這是什麼鬼戰術啊！這樣最好是會有效啦！

「好，距離差不多了，給我跪。」小八下令。

我含淚跪倒在地，一掌撐地一掌抵在頰邊。

剛擺好動作，就看見異行者發現我的到來，周身發出恐怖的電流聲，還不斷有冰藍電光閃現。

他臉上、手臂上銀藍紋路的光芒更加閃耀，一雙沒有焦距的冰藍色眼眸也隱隱泛著銀光。

我嘴角抽搐，彷彿見到自己化為塵土的模樣。含淚抬眼看向他，盡我所能地擺出無辜可憐的表情，扯動嘴角道：「喵嗚！請不要欺負我嗚！」

我要變成焦炭了！我要變成烤吐司機底下那層煩人的黑色屑屑了！不！要變的話不要變吐司屑屑，至少也要變成蛋糕屑屑吧！就算烤焦的蛋糕也比烤焦的吐司好吃啊！

啪滋——

不！真的不要吐司屑屑啊！不然餅乾屑屑或飲料屑屑都好啊——

嗯？

我睜開眼，就見原本目光沒有焦距的異行者看著我，一雙冰藍色眼眸盈滿了驚訝，彷彿才剛睡醒。他周身的電氣收斂了許多，周遭電光和皮膚上的銀藍紋路不再那麼明顯。

牛奶緊握雙拳，有點顫抖地往後退了一步，雙眼中盡是慌亂與恐懼。

「抱……抱歉……」他看著我說。

嗯？為……為什麼跟我道歉？而且，這種反應是……我穿這套衣服果然看起來很恐怖吧！很恐怖吧！不不不不不——嗯？不對，這種時候我到底該高興還是悲傷？

隱形眼鏡又傳來了選項：

①主人，你無須道歉……是我自願要成為你的寵物的喵。

②喵嗚！覺得對不起人家的話，就親人家一下喵！

③不必道歉喔，主人！你想要對人家做什麼都行喵❤

嗯。CUP★LID的主機一定在生我的氣。

「吸管，選一。」小八下令。

我深吸了口氣，抬眼看向牛奶，說道：「主人，你無須道歉……是我自願要成為你的寵物的喵。」

牛奶看著我，又往後退了一步。

「真的……很抱歉。」

不過現在我至少知道，他即使戴著耳機也聽得到我說話這件事了。

然後……然後……他竟然轉身逃跑了！

我呆呆看著他的背影。

「吸管，快追！」小八的聲音拉回了我的意識。

即使不明所以，我仍然拔腿狂奔追上去。

這到底是怎麼回事？為什麼我會在一片焦土上和異行者玩起你追我跑？他為什麼要逃跑？怎麼說都該把我電焦才對……為什麼不先把我電焦再逃跑？還是我穿這套衣服真的恐怖到讓他連電我都不敢？呃，好吧，這種時候我應該要高興一下……

這異行者跑得並不是很快，我的腳程大概是普通人類的中上，竟然也能追得上他。我沒有多想就拉住了他的手。

他驚訝地轉頭看我。

然後我就被電了。

天啊！這傢伙是電鰻嗎？即使我穿了絕緣護服，電流仍然讓我的皮膚感覺到快裂開的刺痛感，甚至聽到像是火爐上的肉才會發出來的滋滋聲。

「不……抱歉，真的很抱歉……快、快放開，不然你會……」他竟然有點慌張地喊道。

在被強烈電流電得全身劇痛的情況下，我仍能對牛奶說的話感到疑惑，都是多虧了牙印強韌的生命力。

為什麼是這傢伙在慌張？這種時候他應該要冷酷地看著我說「別碰我，混帳」或「死吧，變態」之類的吧？為什麼表現出一副他並沒有想傷害我的模樣？天生假惺惺的個性？不對，他對我假惺惺也得不到好處，而且他的表情……

「我沒事。」我盡量假裝鎮定地看著他，「這套衣服……防電效果很好。」才怪，我被電得胃和腸子都要調換位置了。

果然，他愣了愣，眼中的慌亂也平復了一些。

嗯？這麼看來，他真的不是故意電我。所以……他是無法自己控制能力的那一型？難怪會是變異體，這種情況的確最難處理……因為即使把好感度提升到一百，他還是無法控制自己，靠近就會被電死。

見他應該沒有要跑的意思，我鬆開手。

呼，天啊！我的腦漿有沒有被電熟？應該沒有吧？電流令全身的肌肉都在顫抖，我終於支撐不住跌坐在地。

腦袋渾沌一片時，我聽見牛奶的聲音。

「你……你沒事吧？」牛奶問。

我抬起頭，看見他那雙擔憂的藍眼睛。這傢伙……這傢伙感覺人應該不錯。

「沒……沒事，只是跑累了而已。」哦，連要正常說話都有點困難。他這些電到底是從哪裡來的啊？簡直就是台發電機。哦，對！他皮膚上的銀藍發光紋路看起來根本就是電路板！難怪這麼眼熟。

滋——滋……

耳機傳來一陣雜音，接著完全無聲。看樣子這電流把無線耳機也電壞了。

這、這樣一來……沒人指揮，我只能……自己行動？不、不會吧……

「你……在這裡做什麼？」牛奶問，藍眼中仍有一絲彷彿還未睡醒的渾沌。

我等了兩秒，隱形眼鏡沒傳來選項，只好自己想辦法回答：「我……是來這裡找你的。」

「找我？」他微微皺起眉。

「之前你有替我撿起一顆電牢球，你還記得嗎？大約一星期前，清晨街上。」我試探性地問道。

「撿……電牢球……」他緊皺著眉，看樣子在苦思回憶。

「我是來向你道謝的。」看他一臉記性不太好的樣子，我開始亂掰。

「道謝……？」

「你用電……替我修好了那顆電牢球。」其實是把電牢球燒成焦炭。我露出微笑，說道：「謝謝你。」

牛奶愣了愣。

好，接下來該怎麼辦呢？對了，像之前那樣……約他出去？

「那個……為了報答你，能讓我請你吃一頓飯嗎？」我小心地問道。

「請……吃飯？」

「是啊，我知道一間很好吃的餐廳。」嗯，好，他看起來還是有點猶豫……我該怎麼

會對電器產生陰影是必然的
請節哀順變

辦呢？對了，之前那兩個選項都讓他反應很大，或許我該……呃，裝可愛？學貓叫？算了，管他的，就學裝可愛的貓叫好了，早點解決這件事比較重要。

「好嗎？拜託你，喵。」我甚至還記得將貓掌放在頰邊，向上看著牛奶。

牛奶呆住，呆了很久很久，然後白皙如牛奶的臉頰開始泛紅。

他臉上的銀藍紋路閃動了一下，光芒開始消褪，幾乎要從皮膚上隱去，只留下淡淡幾條痕跡。

牛奶撇開臉，低聲道：「好……好的。」

喔！成功了！約到他吃飯了！天啊，沒想到真的有效。還是他原本就打算答應，和我學不學貓叫根本無關？算了，總之約到吃飯就好。

呃，等等，約到吃飯……然後呢？要去哪裡吃？要什麼時候去？應該不行現在吧？現在我的耳機壞掉，隱形眼鏡應該也壞了，無法接收指示，也沒有選項能參考……嗯，還是之後好了。

可是……如果是之後的話，我該怎麼約他？他有手機嗎？呃，住址？嗯，好吧……這真是個值得深思的好問題。

呃，好吧……總之先提高好感度，把對話進行下去好了。

對話……該說什麼呢？呃，呃，呃，呃……對了！之前小八說過，要多聽聽對方說話，這樣有助於讓他敞開心扉……尤其是讓他說一些自己的事。

於是，我問道：「你怎麼會戴著耳機？」

問完之後，我才驚覺這個問題蠢爆了。該死，我怎麼偏偏問了這個問題？這就跟問戴牙套的人為什麼戴牙套、戴耳塞的人為什麼戴耳塞，或是身上有刀疤的人為什麼有刀疤一樣啊！

果不其然，他微微垂下眼，右手放到耳機上，並未答腔。臉上的紋路又泛起銀光。

糟糕！這個問題真的不該問。

為了轉移話題，我趕緊又問：「呃，那你呢？你怎麼會在這裡？」

「我……怎麼會在這裡？」牛奶愣了愣。

「嗯……是啊。」這個問題……該不會也是地雷吧？

牛奶看了看四周的焦土，雙眼微微睜大，往後退了幾步。電路板般的紋路重回他的皮膚，閃動著越發強烈的銀藍色光芒。

「這……這些……這些是什麼？」

我突然感到一陣不妙。

「這……這些都是我……不，不……不，我……我又傷害了多少……」

接著，我的不妙感果然成真。一陣藍白色的強烈電光乍現。該死，我要變成吐司屑屑了啊啊啊！

風壓退去後，我睜開眼。

「希管，沒事吧？」九世抓著我的肩膀，擔憂地看著我。

嗯？

「九、九世？你怎麼會在這裡？」

九世看著我，臉色猛地一沉。「你受傷了。」

「呃？不，這些只是……」

他陰沉著臉轉身，像是要去找已經不見蹤影的牛奶報仇。

天啊！你們兩個打起來還得了，別說北區了，世界都給你們炸毀啦！

我趕緊抓住他，笑道：「這真的沒什麼，是我不小心自己造成的。」這麼說也沒錯，是我自己硬要抓著牛奶的手不放的。

九世沉默片刻，才轉過身看著我：「你說過只是坐著，不會有危險的。」

「……呃？」我愣了愣，這才想起自己說過些什麼。「哦，我原先也是這麼認為。但是後來……呃，總之，發生了一點小意外……」

咻！

小八和她的灰髮副官突然出現在我們面前。

「好了，小倆口別拌嘴了，還有事得做呢。」小八說道，「來，這是邀請卡。你們兩個都有。」小八將兩張印有 CUP ★ LID 商標的精緻粉色邀請卡交給我和九世。

哦，太棒了！來得好。我鬆了口氣。小八肯定是抓準時機下來的。

「犒賞員工大會？」我唸出邀請卡上的標題，加深話題的重要性。

「沒錯，就當成是九世的『融入地球社會歡迎大會』吧！」小八展開雙臂。

九世微微蹙起眉。

「放心，九世，這次希管真的不會有危險。而且剛剛若不派他去的話，不只希管，整個世界都會有危險。」小八認真看著九世，「等一下我們所有人都會在，你也在，沒人傷得了他的。」

哦，太棒了，安撫得好。

「沒錯，而且你看……」我脫下有點燒焦的毛絨絨手套，「其實這些傷都在癒合，已經快好了。」

九世看著我已經好了大半的傷，這才稍稍緩和下來。

「真詭異，吸血鬼的頭髮不會被電焦，反而還很有光澤耶……」耳機傳來了兔毛的聲音。

當然，牙印的髮質一直都……什麼！耳機怎麼現在才好？

「哎呀，耳機恢復了耶……」狐裘也道。

「哈哈哈！現在才恢復，真是幹得好！」虎皮大姐大笑。

「沒錯，讓我們看了一場吸管的完美獨角戲。」鵝絨說道。

「哪個牌子的耳機啊？我也要去買一個……真是善體人意。」狼毫道。

「呵呵呵。」鬍子拖地老頭笑。

又是 CUP ★ LID 主機，又是我的無線耳機……我也和小百合她們一樣，要對電器產生心理陰影了啊！

含淚打開粉色邀請卡，看了看上面的邀請詞，我一呆。

「等、等等……這、這日期……」

「沒錯。」小八正色道，「就是今天。」

「這、這時間……」

「沒錯。」小八點點頭，「就是半個小時後。」

「這、這……異行者都還沒攻略完，哪有時間辦派對啊！」

「無論在什麼樣的情況下，人們都需要這樣的喘口氣歡慶時刻。」小八嚴肅說道，隨後小聲對灰髮副官道：「邀請卡的派送，『十七使徒❤LOVE LOVE總裁天使』和『讓我鞭吧★SEXY總裁惡魔』都成功送達了吧？」

「妳……妳讓那兩隻總裁模型去送邀請卡？」

「不是兩隻，他們各有一百隻複製品。」

幹！也太多！

一百個總裁站在一起……天啊！這多噁啊！是總裁大軍吧！

「不，等等……半個小時候開始的宴會，現在才送邀請卡根本來不及吧？」

「嗯？應該除了你和九世之外，所有人都很早以前就知道時間了吧？」小八皺眉。「所以他們當然早就準備好啦，邀請卡只是個形式罷了。如果你來不及……我可以派十隻『十七使徒❤LOVE LOVE總裁天使』帶著你飛過去喔，三分鐘就能抵達會場。」

「……嗯，我來得及的，時間充裕啊。」

第五章　兔女郎是男人的夢想啊

「抱歉了，小百合。」我深吸了口氣，看著眼前的小百合，「但是這次……我非贏不可。」

「哈哈，希管……」小百合抬起一雙綠色眼眸看著我，瞇起眼道：「雖然很抱歉……但是，我是不會輸的。」

冷汗滴下臉頰，我咬緊牙關。

左邊？右邊？左邊吧……不，不可以中計，這次應該不是左邊了。但是，如果這是計中計呢？故意讓我認為這次不會是左邊，其實這次和上次一樣都是左邊……不，也有可能是計中計中計，讓我以為自己知道是她讓我以為這次不會是左邊而認為和上次一樣都是左邊，其實這次真的和上一次不一樣所以不是左邊……可惡啊！

我閉起眼，抽起右邊的牌。

睜開眼——

不！不！怎麼會！

我含淚扶額。

又……又是鬼牌啊！

「就、就說了我不可能輸的嘛。」小百合說道，語氣聽起來鬆了一大口氣。

「不……還沒結束。」我收起眼淚，將兩張牌放在身後洗牌。然後，將排舉起：「好了，抽吧！」

「唔……」小百合面色緊繃，抬起手，在左邊那張牌和右邊那張牌之間游移不定。

抽那張鬼牌……抽那張鬼牌……我在心底默念。

小百合咬牙，伸手一抽。

「可惡——！」小百合慘叫，「怎麼又是鬼牌啦！」

我鬆了一大口氣。

「哇……第一次看到有人抽鬼牌玩到最後，可以一直重複同樣的狀況超過十次的……這機率多小啊？」旁邊的向日葵一臉驚嘆。

「重複了十二次。」紫羅蘭推了推臉上裝飾性的眼鏡，「二分之一的十二次方，四零九六分之一的機率。」

兔女郎是男人的夢想啊

「哎呀呀……小貓咪，你們這組的敗部還沒決定啊？」薔薇也湊了過來，「這次的敗部服裝很不錯呢，是兔女郎喔。」

就是因為這樣我才非贏不可的啊——

我在心底哭喊。

到底這種折磨人的狀況什麼時候才會結束？我已經重複抽到鬼牌六次了啊！

左邊？右邊？上一次是右邊，這次鬼牌還會在右邊嗎？還是會換成左邊？右邊？左邊？不、不能中計！這次鬼牌應該還是右邊！但也有可能是計中計，其實故意讓我以為……

啊！算了啦！憑直覺啦！

我閉起眼，隨便抽起一張牌。

睜開眼——

梅花三。

我手上有一張梅花三和一張黑桃三。

「我……」我抖著唇，兩張牌掉落地面，「我贏了啊啊啊啊啊——」

「不要啊啊啊啊啊——」小百合扔下鬼牌含淚吶喊。

「喔喔！這組的敗部是小百合啊？」向日葵歡呼道，「太好了，這下敗部都決定了，終於可以開始敗部換裝啦！

「向、向日葵……妳在開心什麼啊？妳不是也是敗部嗎？」小百合驚喊。

「不，因為……聽說這次的兔女郎裝是替每個人量身訂做的，我的是橘色衣服加棕色兔耳的樣子……好像很有趣呀。小百合，妳就開開心心享受嘛。」向日葵拍了拍小百合肩膀。

「我、我才不要！那種不檢點的服裝……」

「就是說啊，小百合。」一陣嗓音響起，那是身穿軍裝手持長鞭的攻略部後勤組組長——荊棘。

荊棘出現在小百合身後，雙手搭上小百合的肩，說道：「妳的服裝可是我親自設計的啊！純白的貼身衣服、純白的兔耳，左右腿外側各有一排粉色愛心花紋的黑色絲襪，假領口有著兩顆黑色愛心的粉色蝴蝶結有著粉色愛心的黑色袖扣純白兔耳內層的粉色絨毛毛茸茸的白色尾巴……」

荊棘的鼻血流了下來。

「不……」小百合面色驚恐，「不要啊啊啊啊——」小百合淚奔。

「別這樣嘛，小百合。」荊棘接過薔薇遞來的衛生紙，塞住鼻孔，一揮長鞭捲住小百合的腳踝。

小百合撲倒在粉紅色地毯上。

「兔女郎是男人的夢想啊。」荊棘走向趴在粉紅地毯上掙扎的小百合。

「妳、妳妳妳是女的吧！」小百合喊道。

「哎呀，總之一樣是夢想嘛。」荊棘步步逼近，嘴角帶著詭笑，塞住鼻孔的衛生紙早已染紅又開始滴血，「既然妳不想自己穿，不如由我來替妳換……噗！」

「好了好了，不要欺負我們家小百合嘛。」一陣優雅嗓音。

月桂左手擋住荊棘的臉，右手輕鬆一轉，拉開小百合腳踝上的長鞭。

「月……月桂啊啊啊……」小百合撲進月桂懷裡哭泣。「嗚嗚，我討厭荊棘啦啊啊——她每次都欺負我——」

荊棘拔開月桂的手，說道：「不，我不是在欺負妳，是要和妳找樂……」

月桂捏住荊棘的臉，露出微笑：「嗯？」

「痛……痛痛痛痛痛痛痛！」被捏住臉的荊棘口齒不清地慘叫，抓住月桂的手，「好痛啊啊啊——」

月桂微笑道：「哎呀，會痛嗎？那麼下次還請自重呢。」她這才放開手。

摀著臉頰，荊棘咕噥：「可、可惡……妳不是才剛被異行者打敗？怎麼這麼快就回來了？」

「還好，輕傷罷了。」月桂瞇眼笑道。

粉色會場邊緣的兔子造型粉色擴音器傳出聲音：「CUP★LID犒賞員工大會報告——CUP★LID犒賞員工大會報告——請各位敗部同仁前往畫了兔女郎標誌的粉紅色大門——請各位敗部同仁前往畫了兔女郎標誌的粉紅色大門——將有專人帶您前往更衣室換裝——」

「好了，去吧。」月桂微笑，拍了拍小百合的頭。

「可是……可是……」小百合仰起頭，看向月桂，泛淚。

「妳看，還有向日葵、風鈴草、雛菊陪妳呀。當成派對服裝，別多想就行了。」月桂摸了摸小百合的頭。「再說，『下次再贏回來』……這種志向，不是也很有趣嗎？」

小百合一愣，收起眼淚，綠眸重新燃起光芒。

她突然面向我，指著我道：「記著！希管‧德古拉！這次只是暫時失誤，下次我一定不會再輸給你……我會贏過你，讓你穿上女僕裝！」

說完這些話，小百合便轉身跑向敗部集合處那扇畫了兔女郎標誌的粉紅色大門。

兔女郎
是男人的夢想啊

我呆呆看著她的背影。

呃……不，那也得下次犒賞員工大會時，抽籤分組又被抽進同一組才行。而且為什麼是女僕裝啊？

我看向畫了兔女郎標誌的粉紅色大門，那裡大約集合了一百人左右。

也是，這次參加的總人數大約是兩百，分組對抗賽的方式是兩人一組，抽籤決定組別與比賽題目。所以會有一半的人得穿上兔女郎裝……不過CUP★LID已經事先將所有人的兔女郎裝都量身訂做好了。

呼，幸好我贏了，不然就得穿上肯定已經被小八動過手腳的兔女郎裝了。

「啊，你贏了啊？」小八的聲音從背後傳來。

我回過頭。

她惋惜地嘆了口氣，走了過來，「真可惜，你的那件是兩件式露肚臍超短熱褲的小黑兔兔女郎裝呢。」

什……什麼！兩件式？露肚臍？我就知道一定動過手腳！幸好，幸好我贏了啊啊啊！

「總司令！這次的異行者攻略得如何啊？」荊棘將黑色長鞭繫回腰間，走向小八。

「藍磁種，變異體，代號『牛奶』。」小八嘆了口氣。

旁邊有個低於地面的空間，用粉色沙發圍起。置於空間內的沙發頂端比地面高出一點。這圈沙發中央有一只粉色星形桌，上方放了好幾只空的高腳杯，和一盤用粉色糖霜和桃紅色糖霜裝飾的星形餅乾。

小八走下階梯，坐在粉色沙發上，拿起一片粉色星形餅乾咬了口，敲了敲空高腳杯，喊道：「服務生！給我來杯粉紅獅鷲獸！」

「藍磁種的變異體？」荊棘也走了下去，坐在小八對面，「那還真不好處理。」

服務生替小八的高腳杯倒滿深粉色的酒液，杯緣以一片翅膀造形的草莓巧克力裝飾，並用愛爾蘭糖漿在酒上畫了幾圈。

「哎呀，總司令好眼光。」薔薇說道，也跟著坐下。「凍霜草莓酒搭上愛爾蘭糖漿……翅膀形的草莓巧克力代表『粉紅獅鷲獸』的翅膀，愛爾蘭糖漿則是獅尾。這是我們開發出的調酒中，屬一屬二出色的一種呢。」

據說薔薇是這次犒賞員工大會調酒部分的負責人。

「期待很久啦！早聽說了這粉紅獅鷲獸的威力。」小八啜了口杯中深粉色的酒液，讚賞地皺眉搖了搖頭，嘆道：「好酒。完美的香甜平衡，草莓味濃厚而不膩。」

「好啦……你們覺得如何？」小八放下高腳杯，「這次的異行者。」

見月桂也坐到粉色沙發上了，我跟著坐到小八身邊，畢竟接下來要說的應該是關於異行者「牛奶」的事。

「哎呀呀，感覺不好處理啊……」薔薇笑道，「一上場就感覺到他的壓迫感……不愧是變異種。可惜還沒說選項就被他電昏了，不然可以得到更多感想。」薔薇攤手。

「他似乎是處在失去理智的狀態……」月桂微微蹙眉，「憑本能……攻擊任何接近他的事物。」

小八看向我。

「我、我也要說嗎？」我愣了愣，「呃……對，他當時的感覺的確很像還沒睡醒。還有……他的攻擊，好像……不是故意的。」

「『不是故意的』？」荊棘皺起眉，看向小八，笑道：「你們這司令部的吉祥物還真特別，竟然還替異行者說話。」

「不錯吧？」小八揉了揉我的頭，「這傢伙做的料理也很好吃呢，尤其是漢堡排。」

「哦，對！他做的雞肉派也很好吃。」薔薇說道。

小八嘆了口氣，「不過，這傢伙是個麻煩人物呀。之前『蜂蜜』的好感度達到九十之後，他竟然拒絕封印蜂蜜，堅決得甚至說要辭職呢。」

「九世又不會傷害別人！我們用那種方法騙了他，我當然不想再繼續……」看見小八詭異的笑容，我立刻住嘴，拿起一塊星形餅乾吃了起來，轉而說道：「而、而且……妳最後還不是來陰的！」

「當然。」小八喝光杯中的深粉色酒液，舔了舔嘴唇，「不然還能怎麼辦？被中央異界預防局那些傢伙抓到，可不是鬧著玩的。」

「哎呀呀……小貓咪果然是個特別的孩子。」薔薇挑眉看向我。

「就是欠缺深思熟慮呀，太過感性了。」小八嘖嘖兩聲。「服務生！再來杯粉紅獅鷲獸！」

「話說回來，吉祥物……」荊棘看向我，微微蹙起眉，「這『牛奶』有沒有顯露出任何喜好？」

「喜好？」我愣了愣，努力思考。

「啊——大概是『貓咪』吧。」小八聳聳肩，「誰知道呢?也可能是『楚楚可憐』呢。」

「哦……是嗎？」荊棘挑眉，「那套貓裝還真是設計對了，總司令先見之明啊。」

「沒想到竟會在這裡派上用場，我也很驚訝。」小八攤手，「妳設計得太好了，非常可愛誘人。」

兔女郎
是男人的夢想啊

「什、什什什什麼！我就知道妳一定有預謀！」

「哎呀，過獎過獎。」小八又喝完一杯粉紅獅鷲獸，「我知道我一向深思熟慮，但這麼誇我我會很不好意思的呀，哥哥。」

「妳……妳……」我氣結，「……算了，我去找飲料喝。」我離開粉紅沙發，往會場邊的自助飲料區前進。

這時，就看見那扇畫了兔女郎標誌的粉紅色大門開啟，換好裝的敗部陸續走了出來。

嗚哇……我的天啊，那些董事會的老伯真敬業，竟然就乖乖換上兔女郎裝出場了。啤酒肚、腿毛、鬍渣配上貼身兔女郎裝……哦，不愧是董事會的，氣魄就是和一般人不一樣。

「來玩射擊遊戲吧！」一名穿著兔女郎裝、醉醺醺的董事會老伯抓著叉子手舞足蹈，唱起詭異的歌：「讓我們來射穿妳的心★Yo★Yo★Yo——妳的心就像誘人的靶子★Yo★Yo★Yo——」

這群董事會的老伯，雖然平時是為人師表的嚴肅樣，無論CUP★LID發生了什麼大事都面不改色不為所動，恐怕一句「小八叛變了打算帶著一群外星人攻打地球」也不能讓他們表露出一絲驚訝。

但是，只要一到這種時候，兩杯黃湯下肚——嗯，就是個普通的糟糕大叔。

射擊遊戲開始，董事會的井阪先生上場。

董事會的井阪先生站到靶前，一推眼鏡，舉起槍。他的雙眼閃爍著看盡人間浮沉的老練光輝，滄桑的嘴角噙著一抹若有似無的笑。

觀眾一陣驚嘆，沉寂下來。

「井……井坂先生……」身穿大紅兔女郎裝的綾野秘書著迷地看著井坂先生。

「綾野，拿著槍的我是不同的……」井坂先生頭也不回地說道。嗓音低沉渾厚，有如飽經風霜的古鐘。

井坂先生按下保險鎖，瞄準標靶。

「別對這樣的我，抱有太多迷戀哦。」井坂先生閉起眼，勾唇一笑，連扣五次扳機。

砰砰砰砰砰。

沒中，沒中，沒中，沒中，沒中。

記分板出現了成績：0。

井坂先生把槍放到嘴邊，吹去槍口不存在的煙。能量槍射擊完不會有煙。

井坂先生扶正頭上的領帶，閉眼自嘲一笑。

「哼，這標靶……太小了啊。」

兔女郎
是男人的夢想啊

井坂先生睜開眼，下巴微抬，勾起嘴角：「不足以匹配……我廣闊的胸懷。」

「井……井坂先生！」身穿大紅兔女郎裝的綾野秘書感動地抱住井坂先生。

我沉默。

「討厭——人家才不想穿這種不檢點的衣服啦！嗚嗚嗚……」小百合的聲音傳來，拉回我的注意力。

她穿著一身白色的兔女郎裝，領結、絲襪和扣子則是黑色配上粉色，頭戴白色兔耳，身後是一球毛茸茸的白色兔尾。

「不會啦，很有趣呀！」向日葵小跳步跟在小百合身邊，笑嘻嘻地安慰她。她的服裝是橘色，兔耳和兔尾則是棕色。

「這……太……太露了……」風鈴草——出任牙印之一，弱氣天然呆嬌小美少女，羞紅著臉走在向日葵身後。她的服裝是淺藍綠色，頭上是一對毛茸茸的垂耳兔耳，和兔尾一樣是淺褐色。

「嘿嘿！小兔子跳，小兔子跳——」雛菊——出任牙印之一，天真小蘿莉，揮舞著一支淺黃色的魔法杖，開心地小跳步跟在風鈴草身邊。她的服裝是淺黃色，兔耳較短，和兔尾一樣都是黑色。

這時，小百合注意到我的存在，立刻衝了過來。

「希管．德古拉！」她氣沖沖地指著我，「別、別以為這樣你就算贏了喔！下次我一定會贏過你，你好好等著！」小百合雙手叉腰，一雙綠眼睛瞪著我。

「呃……好，是的。」我只能這麼說，「要……一起去拿飲料嗎？」

小百合一愣，躊躇片刻，猛地轉身走向自助飲料區：「我、我可不是因為想喝飲料才去的喔。是、是因為你這樣拜託我，我覺得很煩，迫、迫不得已才去的。」

啊……原來是真的想喝飲料啊。

我也走向自助飲料區。

哦哦哦！這個！這個！難道是最新上市，傳說能和水蜜桃公主相比的莓果公爵夫人嗎！正要伸手拿，卻發現有人和我同時握住那杯飲料。

嗯？小百合？

「我、我我才沒有想喝這個！」小百合立刻放手，轉而看向旁邊的超酸檸檬汁。

「呃，還有很多……妳真的不喝嗎？」我問道。

小百合看著超酸檸檬汁躊躇片刻，突然轉身抄起一杯莓果公爵夫人，說道：「我、我是因為你這樣一直拜託我喝，我才喝的喔。絕、絕對不是因為聽說這能和水蜜桃公主相比

兔女郎
是男人的夢想啊

才喝的。」

啊……原來妳也知道那個能媲美水蜜桃公主的傳聞啊。

我正要喝莓果公爵夫人，好好品嘗這CUP★LID最新限定口味，繼水蜜桃公主之後的另一經典產品時，小百合突然說道：「對了，我剛剛在敗部那裡有看見『蜂蜜』喔。」

我大驚，手中的莓果公爵夫人摔落地面。

不！不不不不不！美麗的莓果公爵夫人啊啊！妳艷紅的鮮血灑了一地啊啊啊！

等……等等，小百合剛剛說了什麼？九世他……他是敗部？所以他……他也要穿上兔女郎裝？不，不不不，怎麼可能呢。九世可是異行者呀，即使能力被封印了，又怎麼會輸給普通人呢。

「啊……妳是說，有人把蜂蜜檸檬汁帶到敗部那裡去喝了啊？」我又伸手拿起一杯莓果公爵夫人。

「不是，是說那個異行者『蜂蜜』啦。他也被帶進敗部裡換裝了。」小百合喝了好幾口莓果公爵夫人。

什麼！真、真的是九世！九世要換裝成兔女郎？！

我大驚，手中的莓果公爵夫人再次摔落地面。

不！不不不不！怎麼會這樣！美麗的莓果公爵夫人啊啊！妳艷紅的鮮血又灑了一地啊啊啊——

「你、你怎麼可以這樣對莓果公爵夫人啦！」小百合喊道，隨後才反應過來，趕緊撇頭道：「我、我當然不是那麼在意這飲料啦。只是看你這樣覺得很浪費資源而已。」

啊……原來妳真的很喜歡莓果公爵夫人啊。

「百、百合小姐！」一名CUP★LID員工匆匆跑了過來，「董事會那些人要我來傳話，有個機器人操縱比賽，想邀請七位出任牙印參加，不知您意下如何？」

小百合一愣，綠色眼眸裡閃過一些什麼，表情微變。

呃？這是怎麼回事……對、對了！小百合對電器有陰影啊！這、這個CUP★LID員工怎麼這麼不識相啊！

我趕緊說道：「呃……那個，小百合她……對電器有點……總之，她不便參加。」

「啊……是嗎？」CUP★LID員工搔搔頭，正轉身要走。

「什、什麼啦！那些都是騙你的啦！為了讓你代替我去攻略那個發電異行者，所以說來騙你的啦！你也太笨了吧？竟然真的相信。」小百合朝我說道，哼了一聲。她轉身對CUP★LID員工說：「走吧，我要參加。」

「呃，好，是的。」CUP★LID員工趕緊領路，帶小百合前往鬧得很瘋的董事會老伯們那裡。

「快來參加好玩的機器人操縱比賽唷——」遠方穿著兔女郎裝、抓著叉子手舞足蹈的董事會老伯又唱：「妳的心就像誘人的靶子★Yo★Yo★Yo——讓我忍不住要叫妳honey★Yo★Yo★Yo——允許我瞄準妳的心田★Yo★Yo★Yo……」

騙……騙我的？

我一呆。

原、原來那些對電器有陰影的事……都是騙我的？為了讓我代替她去攻略那個發電異行者，所以說來騙我的？怎、怎麼會這樣！難怪，我就覺得奇怪，怎麼會有人對電器有陰影……嗚嗚嗚，我、我那些貓裝都白穿了嗎……

「啊啊，她是騙你的。」荊棘站在我身邊說道，拎著一片煙燻鮭魚吃了一口。

「我……我知道……她剛剛已經說了……」我心如死灰地答道。

荊棘吃掉手上那片煙燻鮭魚，邊嚼邊說道：「不，我是指她那句『騙你的』是騙你的。」

我一愣，看向荊棘。

她那句『騙你的』……是騙我的？這是什麼意思……意思是，她對電器有陰影這件事，並不是騙我的？

荊棘靠在飲料桌邊，輕嘆了口氣。「那傢伙就是這樣。真正在乎的，反而不知道該怎麼表達……」

「那是……什麼意思？」我不禁問道。

荊棘一雙深紫色的眼睛看向我。片刻後，才說道：「告訴你……或許沒問題吧。畢竟……」荊棘頓了頓。

我看著她，等她繼續說下去。

停頓了一會兒，她才開口：「總之，小百合對電器有陰影這件事……她曾這麼告訴過你吧？我聽總司令說了。」

我點點頭。

「其實……她並不算是對電器有陰影。」荊棘說道，看向正在參加機器人操縱比賽的小百合，「她是對機械生命——會動，彷彿有生命的機械——有陰影。」

「聽過齒輪心企業嗎？」荊棘問道。

「齒輪心企業……那是很有名的機械生命生產公司。」我說道。

「那裡曾經最重要的兩位發明家——克里斯·雷伊格，和愛莎·雷伊格，是百合的歷父母。」

我一愣。「歷、歷父母？這、這怎麼可能……百合不是……」

「你是牙印，應該知道……牙印父母生出的小孩，並不一定全都是牙印吧？」荊棘說道。

我停頓片刻，才道：「即使兩名純血牙印父母生下的孩子……也只有四分之三的機率會是牙印，其他四分之一都可能生出完全沒有牙印基因的人類小孩。」

「沒錯。」荊棘把玩著手中的長鞭，「而那些一出生就沒有牙印基因的孩子，必須被送去TEACUP……牙印管制局，轉交由普通人類父母領養，由人類來擔任他們的歷父母，而他們一輩子也不會知道自己的身世。」

「百合……就是這樣。」荊棘垂下一雙暗紫色眼眸，「當時，被牙印父母產下，卻沒有任何牙印基因的她……被TEACUP接收，並由齒輪心企業擔任主要開發者的克里斯．雷伊格和愛莎．雷伊格擔任歷父母。」

「愛莎是克里斯的遠房表親，他們同樣對開發機械生命有著極大的熱情，一起進入了齒輪心企業，結識彼此，並決定共度一生。他們兩人一直沒有孩子。於是，克里斯和愛莎決定領養一個小孩，加入他們的幸福藍圖——他們選擇了百合。百合．雷伊格。」荊棘端起一旁的超酸檸檬汁喝了起來，「他們非常愛這個孩子，開發機械生命之餘，所有心力、時間都用於培養這個孩子，給予她幸福。」

「直到百合八歲那一年──在家中研究室開發武具型機械生命的克里斯和愛莎，因為一段程序碼的錯誤……導致那些武具型機械生命錯認了目標，原先應該被當成目標的人形標靶，竟成了克里斯和愛莎。」荊棘一口飲盡杯中的檸檬汁，「聽到聲音的百合從她可愛的小房間跑了出來，一路跑向工作室。她看見她父母最喜歡的機械生命──將她的父母打成蜂窩。」

「百合想要阻止它們傷害她的父母──即使他們早已沒了呼吸。她衝上前去，緊緊抱住最前面的那具機械生命。而那些機械生命，理所當然地將百合當成阻礙任務進行的追加目標。」

「它們舉起武具攻擊，百合連同她抱住的那具機械生命也被打成蜂窩。機械生命爆炸起火，迴路錯誤引發機械生命開始自相殘殺。工作室的灑水器早已警笛鳴響，灑下滅去火焰的清水。損壞的機械生命漏出的強烈電流佈滿整間工作室。」

「當MUG……軍事利用管理局的人趕到時，看見佈滿強烈電流的工作室中，一名小女孩站在深達腳踝的水中，緊抱著克里斯和愛莎，像是要保護他們不受電流與機械傷害一般。但是，她擁抱的人早已成了焦炭。」

荊棘吃掉了杯緣的檸檬片，將空的玻璃杯放回桌上。

「MUG隔絕電流，救出百合時，她身上的彈痕與傷口都已消失無蹤。她的嘴裡出現了鑿齒。她的人類基因出現了變異——或者說返祖。她成了一名牙印。」

荊棘沉默下來，一雙深紫色眼睛看著地面。

「……之後呢？」我問道，嗓音乾啞。

「之後？」荊棘又拿起一杯超酸檸檬汁，「那些由人類領養的、沒有牙印基因的牙印小孩，只有極為少數——大約千分之一吧，這幾世紀下來也只出現過五個——會在成長中恢復牙印基因。百合，這難得的實例，被送回了TEACUP。但是，她的生父母已經離婚，各自有了穩定的家庭，他們不想要為了一個被送走八年的孩子犧牲自己現下的完美平衡。」

「後來，是另一對牙印父母領養了她。之後的事你就知道了，她這個少見的純血牙印加入了CUP★LID，成為出任牙印，攻略異行者來拯救世界。」

沉默了很久，我才問道：「妳為什麼……告訴我這些？」

「哼。」荊棘勾唇一笑，一壓軍帽帽沿，沉聲道：「理由很簡單。這是因為風風風風風鈴草啊啊啊啊啊——」

我大驚，發、發發發發生什麼事了？

荊棘鼻血如瀑，衝向不遠處的風鈴草：「妳怎麼沒跟我說妳機器人操控賽輸了，所以要換上那件特製圍裙啊啊啊啊！」

「嗚……嗚嗚嗚？」嚇到僵住的風鈴草定在原地，淚眼汪汪又驚恐地看著邊噴鼻血邊衝向她的荊棘。

「既然那件特製圍裙是我親手做的，就由我來親手將它脫脫脫脫……嗚！」

月桂微笑，捏住荊棘的臉頰，「哎呀……明明是如此高雅的會場，為什麼會有一隻這麼煩人的蒼蠅呢？」

「這……這……這是誤會……」臉被捏住的荊棘口齒不清地乾笑，「我只是想幫風鈴草拿掉她肩膀上的線頭……」

「啊啊，是嗎？」月桂微笑偏頭，「妳的嘴裡……也有一條好長的線頭啊。我來替妳拔掉吧？」

「不、不……不要啊啊啊啊——」

第六章　今日限定一百杯的莓果公爵夫人已全數告罄

THOSE ALIENS TASTE NOT GOOD AT ALL

正驚恐地看著眼前月桂和荊棘恐怖的互動時，身旁突然傳來一陣嗓音：

「希管。」

那是九世的聲音。

哦，對了，九世！來會場開始抽籤分組比賽之後就沒看過他……等等等等等，抽籤分組比賽之後，小百合說九世是敗部……所以九世現在……穿著兔女郎裝？

我再次大驚，想著自己到底該不該轉頭看九世才好。呃，九世的兔女郎裝……靠，我還真他媽的想看。這傢伙穿上兔女郎裝會是什麼超有氣魄的樣子……好、好想知道啊啊啊！

耐不住好奇心，我轉頭看向九世。

一對黑色兔耳。一身黑色和黃色的衣物。

……嗯？沒有肉色？

我一呆。

他渾身上下包得好好的，穿的是一件——管家服？

為、為什麼？為什麼是管家服？這……他該不會是自己偷換裝了吧？

我湊過去，發現他身後有一團黑色兔尾。這衣服的確是 CUP ★ LID 配給的。

「喔喔！九世，你穿起來果然很好看。」小八讚賞地點點頭。「你抽到的那組是……比賽畫畫吧？你輸了？題目是什麼？」

「……魚。」九世一臉灰暗。

「原來如此。」小八頷首。

「等……等等，為什麼只有他穿的不是兔女郎？」我質問小八。

「怎麼？這麼想看他穿兔女郎？」小八挑眉。

「什……才、才不是！為什麼整個敗部就他一個人穿管家服啊？」

「都說了這次的敗部服裝是為當事人量身訂做的了……只要符合『兔女郎』這個主題就行了，並不是一定要穿正統的兔女郎服裝啊。『兔牛郎』不是也很棒嗎？」小八攤手，「我看你是真的很想看他穿兔女郎吧？」

「希管。」九世一臉嚴肅，「如果你希望我穿，我會穿。」

今日限定一百杯的
莓果公爵夫人已全數告罄

「呃……不不不，你誤會了。我並沒有希望你穿，只是疑惑為什麼你和大家穿得不一樣罷了。真的沒有希望你穿，別想太多，別想太多。」我立刻澄清。

「不愧是九世！這麼乾脆。」小八一臉激賞。「吸管，你看，這才是真男人。」

「什、什麼！這種小事，我也可……」看見小八的詭異表情，我僵了僵，深覺中計，趕緊改口道：「呃，話說回來，妳是來找我幹嘛的？」

「喔，這個啦。」小八拿出一支粉紅色的小槍，「這是剛剛玩聯邦史問答遊戲贏來的。」

我低頭一看，那是一支上方有桃紅CUP★LID標章的粉色能量槍，大約只有我手掌張開的大小。

「但我不怎麼需要用槍……」小八皺起眉，「你學校的抵禦課程，射擊訓練不是都拿S嗎？」小八看向我，「剛好這次的異行者是變異體，比較危險……這把槍你就隨身帶著，別拿下來吧。」

「不……但是……CUP★LID有那麼多一砲就能轟掉一支艦隊的武器，這小不啦嘰的槍能幹嘛？更是沒辦法傷到異行者吧？」我說道。

「你也說了，無論是一砲就能轟掉一支艦隊的武器還是這小不啦嘰的槍，都沒辦法殺死異行者——因此，帶著一砲就能轟掉一支艦隊的武器或帶著這小不啦嘰的槍，又有什麼差別？」小八攤手，「總之，聊勝於無。」

「呃……這麼說也對，好吧。」我接下這支小不啦嘰的粉紅能量槍。

「那我跟你簡單解說一下……」小八比向我手中小不啦嘰的粉紅能量槍：「這可以折疊起來，放進口袋隨身攜帶。能量充滿後，原始設定是能發射五次能量彈，不過這裡可以調節單發能量，也可以把五發的能量都用在一發……嗯，這些你應該都知道吧。總之，因為是獎品，主要是紀念用啦，能量匣也比較小。」

這時，我才想起她剛才說的話。

「等等，妳剛剛說要……隨身攜帶？」我說道，「那碰到學校檢查書包的時候怎麼辦？這可是擅攜槍械至校，會記大過甚至退學的啊！」

「哼哼……」小八冷笑兩聲，「你難道以為，CUP★LID製造的能量槍就這麼點能耐？」

我一愣。

「按這邊的按鈕看看。」小八比向能量槍側邊一個星形小按鈕。

難……難不成，這支看似不起眼的粉紅色能量槍，其實隱藏著某種強大的功能？可以讓人隱身的能力？讓特定對象失去記憶的秘密功能？能變成飛行設備？可以就地製造出一個和我完全一樣的擬真投影數位模形？該、該不會是最終兵器狼肌慕斯之槍什麼的吧？

我嚥了口唾沫，小心翼翼地按下那顆星形小按鈕。

一陣刺眼的粉紅色光芒閃現，我閉起眼。

緊張地睜開眼時，在我手中的——

是一支魔法杖。

會亮燈的魔法杖。

裡面裝有彩色小燈，會閃閃發光的粉紅色塑膠魔法杖。

我沉默。

小八面色嚴肅地說道：「你甩甩看。」

難……難不成，這支看似普通小女孩在玩的魔法少女塑膠魔法杖，其實暗藏玄機？只要一甩，就能核磁共振出影響他人腦波的波段，進而控制他人意志？只要一甩，就能揮出粉紅色量子衝擊波？只要一甩，就能像雷神鎚子一樣直升機般地飛到空中？只要一甩，就會發出電波，啟動一群配有強力武具的機械軍團？該、該不會真的是最終兵器狼肌慕斯之槍什麼的吧？

我緊張地一甩手中的魔法杖。

魔法杖的小燈瘋狂閃爍，放出一段可愛的音樂。

我停下。

音樂停止。

我再甩。

音樂又響起。

我停下。

音樂停止。

我沉默。

然後拍桌暴怒：「這功能有屁用啊！」

「哥哥啊，這你就有所不知了。」小八搖搖頭，嚴肅地看著我，「書包檢查時，你可以跟老師說這是你的 COSPLAY 道具。」

……幹。

★

好不容易把塑膠魔法杖變回小不啦嘰的粉紅能量槍，我將能量槍的長柄折起，收進口袋。

小八拖著九世參加其他比賽去了，我轉身想拿一杯莓果公爵夫人來喝……嗯？莓果公爵夫人已經只剩兩杯了啊？真快。不過，等一下應該還會補吧……

「希管．德古拉！」小百合的嗓音響起。

我驚嚇地回頭。

小百合雙手環胸站在我身前，質問道：「剛剛我去參加機器人操縱比賽的時候，荊棘對你說了什麼？」

我一愣。

說了妳的過去和對機械生命的陰影還有妳的心理傷痛……不，我怎麼可能這麼回答？這樣一來只會讓她更難過吧？會像拿刀在她的傷疤上猛劃一樣啊！

「沒……沒什麼。」我只能這麼說。

小百合瞇起眼。

「你騙人。」小百合說道。

「我、我沒騙人。」我說道。

「你騙人。」小百合又道。

「我沒騙人。」我也道。

「你騙人！」小百合怒道。

「我沒騙人啊！」我驚恐地答道。

小百合氣呼呼地瞪著我好一會兒，說道：「別以為我在比賽就沒看到。她和你明明就說了很久的話！她到底對你說了什麼？」

「呃……她、她說……」我絞盡腦汁，「她說我今天穿去攻略異行者的貓裝是她設計的。」

「才不是。她說的一定不是這個。」小百合一雙綠眼看著我。

冷汗滴下臉頰，我又道：「她、她說……風鈴草和妳的敗部服裝也是她設計的。」

「不是。她說的一定不是這個。」小百合一雙綠眼瞇起。

「呃……」我眼角抽搐，「她……她說……風鈴草現在穿的那件特製圍裙是她親手做的……」

「不是！她說的一定不是這個啦！」小百合怒道。

「那、那不然妳說是什麼嘛！」我含淚道。

小百合看著我，沒說話。

我不敢移動分毫，哪怕是一根手指。

「討厭——！」小百合閉眼怒喊，氣沖沖地抄起我身後的兩杯莓果公爵夫人，轉身就走。

我一呆。

這、這……CUP★LID最新限定口味，繼水蜜桃公主之後的另一經典產品莓果公爵夫人沒了。

呃……好吧，等一下服務生應該會來補……

粉色會場邊緣的兔子造型粉色擴音器傳出聲音：「CUP★LID犒賞員工大會報告——CUP★LID犒賞員工大會報告——今日限定一百杯的莓果公爵夫人已全數告罄——感謝各位的參與與支持——」

不……不！不不不不不！我美麗的莓果公爵夫人啊啊啊啊——

第七章　會抓貓的都不是個好東西

THOSE ALIENS TASTE NOT GOOD AT ALL

小八在喝了不知道是第十九杯還是二十杯粉紅獅鷲獸後，終於醉倒了。

在董事會老伯們與全體同仁盡情肆虐下，CUP★LID犒賞員工大會的會場裡，橫陳著無數具屍首……不，醉漢。

而莓果公爵夫人的死在我心中留下陰影，深深覺得為了償還讓她血灑大廳的罪孽，我不該亂喝其他飲料，直到有那麼一天我把美麗的公爵夫人喝回來為止。

踏著粉紅色地毯以及醉成粉紅色的同仁們，我走出了這座粉紅色的會場。

這時，一隻亮粉色的會場清掃機器人正好經過我身邊。

機械生命嗎……小百合，小百合……沒想到小百合竟然有著那樣的過去……而且，竟然是少數被當成人類孩子送走，卻又恢復牙印基因的特殊體質。她的歷父母在她眼前被他們親手製作的機械生命奪去性命……

真……真的太可憐了啦啊啊啊！幸好我當初替她接下了攻略牛奶這份工作，不然在攻略過程中，和那個行動電源般的牛奶相處之下，會勾起她多少悲傷回憶？

不！不不不不！小百合啊啊啊！對不起！在妳說那些是騙我的時候，我竟然真的誤以為妳是在騙我……不！我的心靈怎麼會如此不潔！如此罪惡！竟然懷疑了小百合的傲嬌度！既然她是 CUP★LID 第一傲嬌，當然不可能在那時候承認她真的對電器有陰影嘛！

心中的自責壓得我幾乎要摔在地上嚶嚶啜泣，但身為一個男子漢大丈夫，我忍住了，只流下了兩道無聲的淚水。

路人都用詭異的目光看著我，但是，哦！你們又有誰能了解小百合的悲哀呢？你們又有誰能了解我是費了多大的男子氣概，才將摔在地上嚶嚶啜泣濃縮成兩道無聲的淚水呢？

就在此時，我模糊的淚眼前出現了一間商店。一幢以老舊鋼鐵建造而成的矮建築，用巨大的齒輪、發條與螺絲釘裝飾，有著兩柱冒著煙的煙囪。煙囪！天知道我幾百年沒見過這玩意兒了！什麼時代了，竟然還有這種古董？而且還在使用中？

這幢以老舊鋼鐵建造而成的矮建築，有著一個非常適合它的老舊名字。古老黃銅招牌上寫著四個大字：「發條城堡」。

從它的小窗戶望進去，我才發現窄小的店裡擺滿了各種各樣的機械生命。但怪的是，都不是我曾看過的款式。

那些機械生命設計得非常特別，幾乎都是以可愛動物為形象，讓這間店看起來像一座機械玩具廠。有機械鼠、機械兔、機械鹿，還有機械夜鶯、機械金絲雀和機械貓頭鷹。它們的背上都有著一支發條。

等等，發條？這到底是哪裡來的機械生命？那些煙囪……對了，這些機械生命可能從原料開始就是手工製造了，或許還有個復古的打鐵爐什麼的。

對……對了！這些機械生命被製造得如此可愛，可能連小百合都不會覺得懼怕吧？沒錯，誰會怕這麼可愛的銀色小兔子或黃銅知更鳥呢？對呀，如果買一隻可愛又無害的機械生命給小百合，說不定能多少緩解她對機械生命的陰影！

下定了決心，我推開黃銅大門走了進去。

店內充滿著齒輪運行的聲響，還有機械生物移動時發出的嚓嚓聲。因為堆滿了機械生命，原本就不怎麼大的店內空間變得更狹小了，不過倒是有著其他機械生命店鋪沒有的溫馨感。

一隻藍銅兔子走了過來，脫下帽子向我行禮致敬，但行完禮之後並沒有把它的禮帽戴回去，而是舉在身旁，就這麼用一雙黑耀石眼睛盯著我。

「如……如果要買東西，把錢放在它的帽子裡就可以了……」一陣微弱的嗓音從櫃檯那裡響起。

會抓貓的都不是個好東西

我抬起頭，看向被機械生物淹沒的櫃檯。

櫃檯後方的人也正好探出半顆頭，膽怯地看向我——

我和他同時一僵。

櫃檯後方的人有著一頭白髮，戴著一副冰藍耳機，頭上有兩搓閃電形的頭髮。

這……這……這……這不是牛奶嗎？！異行者編號七九二，代號『牛奶』的藍磁種變異體啊！他、他他他他在這裡做什麼？糟了，這該不會是他設下的局，打算趁我不注意，用他的十萬伏特直接送我上西天……

牛奶站起身。

他之前穿的冰藍色衣服外面，多了一件破舊的、沾滿了焦油和些許鏽斑的深棕色圍裙。

完、完完完蛋了……那些斑點該不會是……人血吧？

他該不會根本沒打算動用到他的電流，而是要用其他更陰險的招數在這種隱密的地方把給我殺掉？天啊！好、好吧，至少我現在沒有穿著貓耳裝……不對！被他電成吐司屑屑的話，根本沒人知道我掛了啊！小八可能還會以為我是離家出走或是為了逃避女裝跑進山裡瀑布下面進修什麼的！

不不不，他們應該會調出影像紀錄，很快就會發現我消失是因為被電成吐司屑屑……

不，等等，他們就算發現了也沒用啊！又不能把我復活。

牛奶緩緩伸手扶住櫃檯的小門，然後飛快將小門關起，縮起身躲進櫃檯裡。他膽怯的冰藍眼睛從櫃檯上的縫隙盯著我。

靜默持續了三秒。

「等……躲的怎麼是你啊！」我大驚。

牛奶嚇了一大跳往後一縮，櫃檯後方傳來一陣乒砰聲，幾具機械生命摔落櫃檯砸在他頭上。

「喵──」

突然，一隻灰色小貓不知道從哪裡鑽了出來，跑向我，在我褲管邊呼嚕呼嚕地磨蹭。又有一隻金色小貓和一隻黑色小貓鑽了出來，跟著好奇地在我身邊打轉。

「等……等等！齒輪、螺絲釘、焦油，別、別過去！」牛奶緊張地站起，一雙藍眼裡充滿了恐懼與擔憂。

……呃？這到底是怎麼回事……

砰！

大門突然被撞開。

我嚇了一跳，轉身看向門口。

還沒反應過來，一抹黑影從我身旁閃現，抓起那隻來不及躲起來的小灰貓回到門口。

門口站著三名黑衣人，臉上戴著類似防毒面具的黑色面罩，手上戴著黑色手套，全身包得看不見一寸皮膚。其中一人手上抓著那隻小灰貓，小灰貓伸出爪子掙扎，嘶嘶叫著。

「螺絲釘……！」牛奶一雙藍眼看著小灰貓，神色慌亂。

「聽著。」其中一名防毒面具開口了，「紅酒並不在乎你是異行者還是妖怪……你必須把你偷的東西還來。」

「把剩下兩隻實驗品交出來。」另一名防毒面具說道。

抓著小灰貓的防毒面具拿出一個特殊禁制箱，將小灰貓放進裡面。

「不……放、放開他！」牛奶喊道。

這……這到底是怎麼回事？看著把我夾在中間說話的兩方，我還是沒搞清楚狀況。來攻擊牛奶，所以是……抵禦部隊？不，那些人……不可能是抵禦部隊的，無論服裝和配備都不符合標準。總、總之，先按緊急連絡按鈕要緊。

我抬起手，按了耳機側邊的特殊按鈕一下。呼，幸好有聽小八的，把隱形眼鏡和無線耳機都戴上了。

「不許動！」一名防毒面具查覺到我的舉動，立刻舉起一把墨黑的能量槍。

好，你要來真的是吧！好吧，先不管誰對誰錯，總之會抓貓的都不是個好東西……而且看牛奶那麼緊張的樣子，當成賣他個人情也好，先救貓要緊！

我立刻抄起口袋裡小不啦嘰的粉紅能量槍對準提著貓籠的防毒面具，按下保險鎖──嗯？等等，這把槍的保險鎖怎麼感覺和一般的不太一樣……

一陣粉紅色刺眼光芒乍現。

光芒褪去。

我手中是一支魔法杖。

會亮燈的魔法杖。

裡面裝有彩色小燈，會閃閃發光的粉紅色塑膠魔法杖。

防毒面具看著我。

我看著防毒面具。

靜默持續了三秒。

「抓住他！」提著貓籠的防毒面具喊道。

啊啊啊啊啊啊啊啊啊！可惡啊啊啊──小八都是妳啦！沒事幹嘛加裝這種功能啦！而

且還故意裝在其他能量槍的保險鎖的位置！話說回來這支槍該不會根本沒有保險鎖吧！

而且要把這魔法杖變回原來的槍真的超難的啊！

我含淚飛快地揮了塑膠魔法杖三下，一腳抬起、一手抵在臉頰邊、一手舉起塑膠魔法杖，喊道：「飲料的甜度是美少女的甜度★以糖之名，給予你甜蜜的制裁！魔法飲料戰士——SWEET★甜蜜變身！」

一陣粉紅光芒閃現，手中的塑膠魔法杖變回小不啦嘰的粉紅能量槍。

原本要來抓住我的防毒面具都定在原地。想必防毒面具下是空洞呆滯的表情。

不！不不不不不——讓我死了吧！讓我化成灰燼吧啊啊啊——

剛剛下令的防毒面具最先回過神，朝另外兩人大喊：「開……開槍啊！還愣在那裡做什麼！給他死啊啊啊！」

幹！同感！我也很想死了啊啊啊啊啊！

抓著黑色能量槍的防毒面具回神，往我這裡就是兩槍。

側身躲過，拉開保險鎖。只有五發能量彈是嗎……瞄準最先往這裡衝來的防毒面具右肩，抓著黑色能量槍的防毒面具右手，以及提著貓籠的防毒面具左手和右大腿。

四發能量彈燒穿他們的黑色防護衣，其中兩人倒在地上哀嚎，貓籠落到地面。右手中槍的那人扔下黑色能量槍，抓起地上貓籠就要跑。

瞄準左膝窩一槍。

防毒面具摔在地面，貓籠在地上滾了幾圈，剛好到我腳邊。

唯一一個腿沒中槍的防毒面具從地面爬起，拉著兩名同伴衝出店外，把貓籠和黑色能量槍都留在這裡了。

將能量耗盡的小不啦嘰的粉紅能量槍柄折起，放回口袋，趕緊打開特殊禁制箱，小心翼翼地抱出裡面的小灰貓。

「喵——」小灰貓睜著大眼，微微發抖，看起來受到了很大的驚嚇，似乎沒受傷。

我這才鬆了口氣，放下小灰貓，回過頭看向牛奶。

牛奶愣愣站在櫃檯後方，身邊的牆壁上有兩個焦黑冒煙的能量彈孔。那是剛剛防毒面具的黑色能量槍彈孔，毀了掛在牆上的三隻機械貓頭鷹。

「呃……你、你沒事吧？」我問道。

牛奶呆滯片刻，搖了搖頭。

「吸管！」小八的聲音從耳機傳來。

喔，終於酒醒了啊？

「趁我們酒醉的時候偷跑……好樣的。」小八嘖嘖兩聲，「不過，看在你讓好感度提升的份上，就將功贖罪了吧。」

嗯……？好感度提升？

「目前好感度三十六，很不錯嘛。」

哦哦？好感度三十六了？這、這麼快？哦，一定是因為我救了貓吧？幸好剛剛臨機應變決定救貓……那些抓貓的果然都不是個好東西。不過拜他們之賜，讓牛奶的好感度提升到三十六——雖然還是搞不太清楚情況，但說真的，應該感謝那些防毒面具才對。

「你……你救了螺絲釘……」牛奶愣愣說道，一雙藍眼看著我，「你……到底是誰？」

此時，隱形眼鏡傳來了選項：

①討厭啦，人家當然是你的專屬小貓啦喵❤

②我是用愛與飲料拯救世界的魔法飲料戰士★粉紅吸管！

③我是你失散多年的弟弟，奶酪喔。

……這些選項都在搞什麼鬼。好，①就算了，之前也出現過類似的，現在也差不多看慣了。但是②是怎麼回事?真的要繼續玩這個魔法飲料戰士的梗嗎!粉紅吸管是什麼東西啊!該不會還有紅色瓶蓋什麼的吧!③又是在搞什麼鬼!突然來個失散多年的弟弟……等等,當初要攻略九世時也有這個鬼選項吧?CUP★LID主機是有多喜歡弟弟梗啊!而且牛奶的弟弟是奶酪……嗯,好,算了,都是乳製品是吧。

「吸管,選二。」小八下令。

魔、魔法飲料戰士嗎!討厭啦啊啊啊——

我在心底掩面淚奔。

「我是用愛與飲料拯救世界的魔法飲料戰士★粉紅吸管!」我說道。

牛奶呆住,支支吾吾地覆誦道:「愛……愛與飲料……拯救世界……魔、魔法……粉、粉紅……」

「呃……你可以叫我吸管。」我說道。

牛奶看起來鬆了一口氣,喃喃道:「吸管……」

「我是……類似打擊罪犯拯救世界的那種存在吧……」我乾笑,「所以,你遇到任何困難都可以找我幫忙。」

「好、好厲害……」牛奶看著我說道,藍眼閃動著光芒。

「不，還、還好啦……」我搔搔頭。

「好感度四十二。」兔毛說道。

呃？破四十了？這樣也行？

此時，我感覺到腳邊好像有什麼東西。

低頭一看，發現是剛剛那隻小灰貓在我腳邊蹭來蹭去。發現我在看牠，小灰貓坐下來，睜大雙眼喵了一聲，然後又開始蹭來蹭去。

「喵——」小黑貓和黃貓也鑽出來，看著牛奶喵喵叫。

「啊……對了，也到吃飯時間了。」牛奶說道。

哦，原來是餓了，難怪……這種喊餓的方式還真是友善啊。如果是夜空，肚子餓的時候會看向窗外電線桿上的鳥，面無表情說：「左邊那隻比較肥，應該先吃翅膀。」然後，我會在七分鐘內光速替她做好晚餐。

「吸管，好機會！」小八說道，「快藉機說要做飯給他吃。你之前不是說過為了答謝他替你『修好』電牢球，要請他吃飯嗎？」

對了！還有這回事。

嗯，太陽快下山了，的確接近晚餐時間……

「說到這個……你吃過晚餐了嗎？」我問牛奶。

牛奶搖搖頭。

「之前你替我修好電牢球……說好了要答謝你、請你吃飯，不如……借我廚房，我做一頓晚餐給你吃？」我問道。

牛奶愣了愣，說道：「我……我沒有廚房……」

我一愣。難不成他都吃微波食品？還是都吃外食，從不下廚？看他滿身電的樣子，該不會是吃電吧？只要把手伸進插座就能吃飽一餐這樣。

「那你都用什麼做飯？」我問道。

「呃……這個？」牛奶拿起一片鐵網和一支會噴火的焊接槍。

第八章　今天的司令部到底怎麼了

THOSE ALIENS TASTE NOT GOOD AT ALL

「啊！找到了。」牛奶從一堆冶金用具中挖出一只破舊的鍋子，交給我。

我接過鍋子，在水盆邊洗了洗，卻驚覺洗出來的水竟然是鏽藍色的，而且怎麼洗都洗不乾淨。

……好，算了，廚具等會兒再說，先想好要做什麼料裡比較重要。

「牛奶，你喜歡吃什麼？」我問道。

牛奶愣了愣，說道：「不、不酸的東西。」

「不酸？」換我愣了愣。「為什麼？」

「吃酸的這裡會怪怪的。」牛奶摸肚子。

你真的是牛奶吧……

乳製品配酸性食物就會結塊，是這麼回事嗎？

好吧，反正只要不是酸的食物……嗯，這樣一來，選擇就很多了。總之，先看看有哪些材料……

「牛奶，你的冰箱裡有哪些食材？」我問道。

牛奶一愣。

「我、我沒有冰箱……」

我一呆。

「那……那你的食物都放在哪裡？」還是他根本不需要放食物，每到用餐時間都走出去買？

「這裡。」牛奶打開牆上的櫃子。

櫃子的其中一層放滿了乾麵包，另一層放滿了乾乳酪，剩下的三層則是滿滿的貓罐頭。從黃金鮪魚口味、白蝦蟹肉口味、沙丁魚口味到起司老鼠口味都有。

……我說，這三隻小貓的食量應該沒有這麼大吧？還是這貓罐頭其實是你在吃的？是你在吃的吧？

在用了牛奶好不容易找到的鍋子，洗出來的水卻變成詭異的金屬藍；打開食材櫃，卻發現裡面只有乾麵包、乾乳酪和貓罐頭之後，我毅然決然踏上超市一途。

這裡步行約十五分鐘來回處有一間喵本超市，我要牛奶在他的店裡好好待著，抄起錢包立刻衝去喵本。

今天的晚餐，我打算做白醬海鮮義大利麵。

我很快就選好了鍋子和食材——奶油、麵粉、鮮奶油、鮮奶、白酒、菠菜、蝦仁、小卷、蛤蠣、洋蔥、蘑菇、起司粉、月桂葉、黑胡椒、花椰菜……而且竟然找到一種十分特殊的麵糰，製成整隻的可愛貓咪造型，拿去油炸後可以放在盤子邊做裝飾，也可以當普通的炸麵糰吃。

嗯，既然牛奶那麼喜歡貓，應該也會喜歡這種可愛的小麵糰吧？因此，我買了一包這種縮小版擬真貓形麵糰。

從出發到返回牛奶的機械生命店「發條城堡」，全程來回只花了二十分鐘。

洗好新鍋子和其他廚具，我在牛奶的冶金爐上架好鍋子，將火力調到最低，以免鍋子被融化。

我將海鮮丟到滾水裡，打算燙好撈起來放旁邊備用。花椰菜最後再燙好了，不然會涼掉。

牛奶站在冶金室門口，緊張地問道：「有、有什麼我可以幫忙的嗎？」

「嗯？」我將燙好的蝦撈起，「沒關係，這個很快就好了。你不是要先餵牠們吃飯嗎？」

牛奶這才遲疑著離開。

好，海鮮都燙好了，接下來是白醬。先處理好白醬，等一下再加入配料和白酒拌炒。

我將鍋子放到一邊，改放上平底鍋，丟入一塊奶油。不過一會兒，奶油就全部融化了。在奶油燒焦前，我倒入一些麵粉，用金屬鏟攪拌。

牛奶又出現在冶金室門口，囁嚅道：「我……我餵好螺絲釘他們了……有、有什麼需要我幫忙的嗎？」

「呃？」我一愣，「沒關係啦，你不是還要顧店？這裡我來就好了。」

牛奶躊躇了片刻，才遲疑著離開。

平底鍋裡的麵糊開始發泡，香味也被蒸騰出來。我趕緊將水倒進去，趁水煮開之前將麵糊攪散溶解。直到呈現滑順的乳液狀，沒有任何結塊時，加入月桂葉拌煮，接著加鮮奶。

小小的泡沫冒出，白醬微滾，我立刻關火，加入鮮奶油攪拌均勻。嗯，多麼濃厚的奶香！這次的白醬挺成功的。

牛奶再次出現在冶金室門口，說道：「我……我已經先把店關了……有、有我可以幫忙的嗎？」

「嗯？」我看向牛奶，「只剩煮麵和拌炒了，剩下的都很簡單。你先去忙你的吧。」

牛奶躊躇片刻，走出冶金室。

白醬稍微涼一些後，我撈出月桂葉丟掉，並把白醬放到一邊桌上。

將裝了水的鍋子放回冶金爐上，等水滾了之後，我加入麵條，再灑一些鹽。

牛奶走進冶金室，一下擦擦金屬架，一下清理鍋爐，一下整理冶金用具。等沒事做了，他仍然沒走出冶金室，而是在一旁走來走去、走來走去、走來走去。

「呃……」我轉身看向牛奶，「你……要不要幫我攪白醬？」

牛奶的眼睛亮了起來，趕緊跑過來：「好、好的！」

我將金屬鏟交給他，指著桌上的平底鍋說：「你就用這個攪，不要讓裡面的白醬凝固。」

其實白醬沒那麼快凝固，就算真凝固了也沒差，反正等會兒都是要加入海鮮、白酒和其他配料拌炒的。

不過除了這個之外，真的沒有能讓他幫忙的了……畢竟他之前可是用鐵網和焊接槍烹飪的啊。

牛奶抓著金屬鏟，跑到桌邊，看著那鍋白醬。

我則繼續回去煮麵。撈起一條麵，不沾手又容易捏斷……嗯，應該差不多了。正要把麵條都撈起，身後卻突然傳來聲響。

滋唰！

「呀啊！」

砰咚！

我趕緊回過身，就看見牛奶抓著金屬鏟跌坐在地，白醬噴濺到了他的臉上、頭髮上、胸口。

他似乎受到了不小的驚嚇，冰藍雙眼隱隱泛淚，嘴唇微啟，還沒回過神。

「天……天啊！你沒事吧？」我趕緊抄起濕抹布衝過去，蹲下身，「這些白醬還會不會燙……」

正準備替牛奶擦掉他臉上的白醬，耳機卻突然傳來一陣巨響。

「總、總司令！妳的鼻血啊啊啊！」兔毛的慘叫。

「顏……顏……」小八顫抖虛弱的嗓音。

砰咚！

「不、不要啊啊啊！總司令倒地不起了啊啊啊啊啊啊──」

「顏……顏、顏……」鵝絨緊繃艱難的嗓音。

砰咚！

「鵝絨？鵝絨！鵝絨，妳怎麼也倒了？好、好多鼻血……不！鵝絨！不要死啊啊啊啊——」

這這這這這司令部到底是發生什麼事了？該不會是又有異行者進攻了吧？不，不可能，這樣一來應該會有警報……不，現在還是牛奶要緊啊！他幾乎滿身都是白醬了。

正要幫牛奶擦掉，耳機卻傳來小八的垂死吶喊：「等等等一下有選項啊啊啊——」

我一驚，趕緊停手。

隱形眼鏡傳來了選項：

①我來幫你舔掉吧？

②我來幫你舔掉吧。

③我來幫你舔掉吧！

幹！這是什麼選項啊啊啊！這三個有差嗎！有差嗎！只差在標點符號吧！幹！

CUP★LID主機你被洗腦了吧！肯定被洗腦了吧！

「咳嗯——吸管，我們一致通過，這次給你個好康特別優待服務，三個選項讓你自己選。你要選哪個都可以唷。」小八說話帶著鼻音，聽起來像塞了衛生紙。

幹——！無論我選哪個都沒差啊！沒差啊啊啊！

「快點啦，不然我就指定動作了。」小八不耐煩地說道。

可、可惡……問號？句點？還是驚嘆號？這……其實根本沒差好不好！這樣我更難抉擇啊！算了，隨便啦！

「我……我來幫你舔掉吧？」我看向牛奶，手中的濕布仍僵在空中。

牛奶一呆。

「呃，這個……」我冷汗狂冒，「『舔』是我們這個拯救世界行業的專有名詞，代表『清理乾淨』唷。講習慣了，還改不過來呢。」我乾笑。

「原來如此……」牛奶露出了笑容，隨後才反應過來，慌張說道：「抱、抱歉！這些白醬……我、我原本想要好好攪的，但是……這些電……透過這個傳到白醬裡，差、差點把白醬弄倒，弄得到處都是……」牛奶不知所措地抓著沾滿白醬的金屬鏟，雙眼泛淚。「對、對不起……我、我原本是想幫忙的……」

「沒關係沒關係，白醬還有剩啊！」我趕緊將桌上的平底鍋拿下來，「你看，還剩這麼多。而且我本來就做了比較多，這樣剩下的量其實剛剛好。而且白醬被這麼電過一回，口感會更好更香呢，你聞聞看，奶香更濃了對不對？你可幫了大忙喔！這是我用普通烹煮方法都達不到的效果呢。」

牛奶濕潤的藍眼睛看向我，眼底出現一絲希望的光輝：「真……真的嗎？」

「真的真的，這種烹煮方法都可以稱為神之秘技了！要煮出世界第一的白醬不能不被電啊！電出來的白醬才夠香！而且剩下的已經很夠了，都能做三盤白醬海鮮義大利麵出來了呢。」我趕緊說道。其實剩下的只能做一盤半啦……不過這種時候當然得這麼說，不然牛奶好像真的會哭出來。

「總之，我先幫你擦掉臉上的白醬，你等一下看要不要去洗個澡什麼的？畢竟連頭髮都沾到了……」我用濕布擦掉牛奶臉頰上的白醬。

牛奶愣愣看著我好一會兒，藍眼中似乎閃過一些什麼。回神後才道：「好……好的。」

「喵嗚——！」突然一抹灰影竄了上來，撲到牛奶臉上。

我一看，發現是那隻小灰貓。牠看到白醬非常開心，直接在牛奶臉上舔了起來。小黑貓和金色小貓也撲了過來，搶著吃白醬。

「等等，齒輪，不……」牛奶驚呼，想把小貓抓下來，卻又怕傷到牠們，「別、別這

今天的司令部到底怎麼了

樣……你們剛剛不是才吃過罐頭？這、這個你們不能吃吧……快、快下來……嗚！」

耳機突然傳來一陣巨響。

「總、總司令！怎麼會這樣？妳、妳的鼻血……又來了啊啊啊！」兔毛的慘叫。

砰咚！

「不、不要啊！總司令、總司令她……她她她沒有呼吸了啊啊啊啊啊──」

砰咚！

「鵝絨啊啊啊啊啊啊！妳怎麼又死了啊啊啊──」

……今天的司令部到底怎麼了？

第九章　放電是會傳染的，即使對象是隻貓。

THOSE ALIENS TASTE NOT GOOD AT ALL

「吸桿，好感度五俗八呢。」小八鼻音濃厚地說道，聽起來衛生紙多了三倍。

嗯？好感度已經五十八了？真快啊，都快破六十了呢。好，太棒了，這樣一來就只剩三十二啦！再三十二我的任務就可以結束了啊！

在牛奶去洗澡時，我繼續將白醬海鮮義大利麵做完。將起司粉灑入在平底鍋裡拌炒的義大利麵，燙好花椰菜擺在盤邊，白醬海鮮義大利麵就完成──不，等等！還有剛剛買的貓形炸麵糰呢。

我將已經完成的餐點裝好盤放到一邊，在鍋裡倒滿了油，放到冶金爐上加熱，拆開炸麵糰的包裝。哦！這些麵糰做得真不錯，果然像可愛的迷你小貓。這個炸好之後可以放在白醬海鮮義大利麵正中央當裝飾，一定非常有趣。

從模子裡拿起一枚小貓麵糰，牛奶也正好洗完澡走進了冶金室。

「哦，你洗完澡啦？」我回頭看向他。他的頭髮還有些濕漉漉的。

牛奶看著我，一雙藍眼瞠大，嘴唇顫抖。

放電是會傳染的，
即使對象是隻貓。

「牛奶？怎麼了？」查覺事情不太對勁，我手一鬆，將貓形麵糰扔進油鍋裡，轉身想去查看牛奶的情況。

「不……不……」牛奶一雙藍眼蒙上一層淚水。

轟！

一陣冰藍電光爆出。

劇痛傳遍全身，我幾乎以為自己會休克或是被這電流炸成吐司屑屑。不過多虧了牙印強韌的生命力，在這陣極強的電流消散後，我還能保有意識。皮膚沒有裂開，這次的狀況已經算好了……不，等等，我是牙印，這種程度的電流當然成受得住……但、但是……那三隻小貓呢？那三隻小貓該怎麼辦？

我心下大驚，突然變得很不敢睜開眼睛。天啊！那三隻小貓到底怎麼了？不不不，牠們肯定出去玩了，肯定沒事的——

「喵！」

不！不不不不不！這是垂死的哭聲嗎！不！不不不不不——

我含淚睜開眼。

三隻小貓開心地在焦黑的地面上跳來跳去，毛色甚至比先前更有光澤。牠們蹭到牛奶腳邊——然後啪滋啪滋地跟著放電。

牠們放出來的電也是冰藍色的。

我呆呆看著邊跳邊放電的三隻小貓，牠們看起來……玩得非常開心。

不，呃……這是怎麼回事？難不成……牛、牛奶的放電能力會傳染？天啊！那我該不會也被傳染了吧？不！這樣我就不能去游泳池了啊！

「滋——滋……」耳機傳來一陣噪音。

「天、天啊！」耳機的連線恢復，狐裘驚恐的聲音傳來：「好、好感度正在急遽下降……五十一……四十四……三十二……二十一……」

什、什麼？！發生什麼事了？這、這是數據錯誤吧？我什麼都沒做，怎麼可能讓好感度從五十六突然變成二十幾？這、這……應該是牛奶的電流讓耳機故障，才會聽到這不可能的數據……

「十九……十七……十四……」狐裘仍在繼續報數，「十三……十一……」

十、十一？！這、這這這到底是怎麼回事？照這個速度下去，不用三秒就會變成零了啊！

「吸管……」牛奶一雙盈滿淚水的藍眼睛看著我，「你……為什麼要煮貓咪？」

放電是會傳染的，
即使對象是隻貓。

啥？煮、煮貓咪？！別開玩笑了，我什麼時候煮過貓咪……不，等等，他該不會是以為……

牛奶臉上浮現冰藍電紋，周身冰藍電氣滋滋作響。

「不……你、你誤會了那是麵糰啊啊啊！」我慘叫。

電流的滋滋聲戛然而止。

「……咦？」牛奶呆呆看著我。

★

在焦了一半的冶金室裡重新做好兩份白醬海鮮義大利麵時，月亮已經高掛空中了。

「吸、吸管……對、對不起，真的很抱歉……」牛奶淚眼汪汪地坐在餐桌前，「我、我竟然以為……真、真的很對不起……」

「不……沒、沒關係啦……誰要那麵糰做得那麼像貓呢？」我安慰道。

「嘖！竟然做出讓異行者暴走的產品……我已經讓那間食品廠永久歇業了。」小八的聲音從耳機傳來。

好……好無辜的食品廠啊。

我插起一顆花椰菜，向牛奶說道：「別難過了，還是快吃吧！麵要涼掉了。」

「好……好的……」牛奶用叉子在盤子上捲一團麵，卻越捲越難過，淚水滴滴答答落了下來，「真……真的很對不起……我原先想幫忙的，結果搞砸了……你從那些人手中救了螺絲釘，我卻、卻……卻誤會了你，還傷了你……」

我心下一慌，正想安慰他，隱形眼鏡卻傳來了選項：

①哎唷★你誤會了啦，人家可是最喜歡受傷了呢★再多電幾下也完全沒問題的唷❤

②你傷的並不是我，而是我的心。

③別哭，北鼻！淚水什麼的，我來幫你舔掉吧。

……①是怎樣？那是M吧！是傳說中的M吧！如果說了這選項，說不定牛奶就真的每看到我一次就電爆我一次啊！②是在玩什麼文藝腔？什麼文藝腔啊！你傷的真的是我本身不是我的心啊！③又是怎樣？那是什麼花心痞子的語氣？而且為什麼又是舔掉啊啊啊！

「吸管，選二。」小八說道。

又是選二？又是選二？這次攻略牛奶怎麼幾乎都在選二啊！CUP★LID主機你根本已經內定選項了吧！

「你傷的並不是我，而是我的心。」我認真看著牛奶的冰藍眼眸。

牛奶一愣，淚水停了下來，呆呆看著我。

隱形眼鏡竟然又傳來了選項：

①你不斷道歉，是認為我會為了這種事就生你的氣嗎？原來你是這麼看我的……太讓我傷心了。

②人家的心臟被你愛的電流電得好痛的說★順帶一提，唯一的解藥，是你的愛的告白唷❤

③北鼻，看你這樣哭泣……我的心當然也跟著疼痛不堪。所以北鼻……別哭了好嗎？

我靠！這是什麼連續技啊！怎麼可以連續兩次選項！太過分了啦！③又是怎樣啦！這

麼多北鼻是要死啦！時下一般曬恩愛的笨蛋情侶嗎！好噁心好噁心好噁心啊啊啊！

「嗯……吸管，選一。」小八說道。

一是吧……一是吧……嗯，好吧，其實一還算正常。

我看著牛奶，說道：「你不斷道歉，是認為我會為了這種事就生你的氣嗎？原來你是這麼看我的……」我露出哀傷的眼神，看向盤裡的義大利麵，「……太讓我傷心了。」

「不……不是的！」牛奶趕緊說道，「我、我沒有那個意思……真的沒有！對、對不……」查覺到自己又要道歉，牛奶趕緊閉上嘴，垂下眼看著盤中的義大利麵，一臉消沉。

「你還記得……你上一次遇到我的時候嗎？」牛奶問道。

我一愣。

「你是說……」在那片焦土上嗎？不！我當然不能這麼講！誰知道會不會又踩到他地雷！

「就是……你、你……穿成貓咪的樣子的時候……」

穿成貓……不！不要讓我想起那段不堪的回憶啊！沒有沒有，穿成貓的不是我，不是我啦！好，決定了，穿成貓的是砂金。沒錯，那不是我的回憶，是砂金的回憶。

「當初……我會那樣、那樣……失控，是因為那群人想要將螺絲釘他們抓走。他們拿

放電是會傳染的，即使對象是隻貓。

了麻醉槍、箱子和網子……螺絲釘他們在哭泣，我、我就……」牛奶雙眼泛淚。

原來……原來是有人拿了恐怖道具要抓走那三隻小貓，牛奶當時才會暴走大放電嗎？

「我是在一個月前遇到螺絲釘他們的。」牛奶說道，「那是一個下雨天……他們縮在我的店鋪後面發抖。我讓他們進屋裡取暖，但是怕我的……電，會傷到他們，所以我先待在店外。沒想到一走出門，他們卻往我身上撲……雨下得很大，那些雨水會讓我的電變得更容易發揮……我以為他們會、會……會被我傷害，他們竟然……他們……竟然不怕我的電，甚至、甚至……身上也出現了電。」

牛奶的眼神脆弱而溫柔：「那是第一次……有生命靠近我，卻不會被我傷害。」

牛奶他……他果然不想傷害別人……但是卻有著連自己也無法控制的能力。

他製作的金屬生命的樣貌，全都是以有生命的事物為外貌原型——牛奶是喜歡小動物、喜歡有人陪伴的。但是，靠近他的人都會被他的能力傷害……只有那些不會被電到、冰冷、無生命的機械生物，才能陪在他身邊。

好不容易有了不怕他的電的三隻小貓，卻有一群惡徒想將小貓抓走……那些變態到底是想對小貓做什麼！怎麼可以這樣對三隻無辜的小貓！會抓貓的果然都不是個好東西，下次再讓我碰到就把他們吸成鹹魚乾——

嘰——嘰——

一陣機械運轉聲傳來。

牛奶的袖子裡，爬出了一隻小小的黃銅機械鼠。機械鼠的眼睛是兩顆藍色寶石，背上有一支小小的發條。

「啊……艾斯普雷，你醒了？」牛奶看向那隻黃銅機械鼠。

「喵！」小灰貓跳上桌面，開心地撲向那隻機械鼠。

嘰——嘰——

齒輪運行聲，機械鼠飛快沿著桌腳往下爬，在地面四處亂竄。

小灰貓跳下桌子去追，小黑貓和金色小貓也加入追逐的行列，三貓一鼠就這麼在店裡衝來衝去。

「『艾斯普雷』……是那隻機械鼠的名字？」我問道。

牛奶看向和三隻小貓玩成一團的機械鼠，說道：「他是……我第一次完成的機械生命，也是陪伴我最久的一個。」牛奶垂下眼，「他的『核』……也是最特別的。」

「『核』？」我皺眉反問。

「支持這些機械生命的能量核心，就是『核』。機械生命其他部分受損，都可以再重新製作……唯有『核』是獨一無二的。『核』一旦損壞，機械生命便永遠無法修復。」牛奶說道。

他們那個世界的機械生命概念，果然和我們世界完全不同啊！我們這裡可沒這麼複雜，機械生命就是由一堆零件組成，並沒有無法替換、缺一不可的零件。

這樣聽起來，「核」就像他們世界裡的機械生命的靈魂吧？嗯，可能沒這麼複雜……或許他們機械生命的本體就是「核」？

「齒輪、螺絲釘、焦油來了之後，艾斯普雷常常代替我陪他們玩。」牛奶笑看追逐到櫃檯裡的三貓一鼠。

齒輪、螺絲釘、焦油……對了，聽起來……這三隻小貓並不是被牛奶傳染才會放電的。

那麼……到底是為什麼？會不會和那群要來抓貓的人有關？當初要抓貓害牛奶暴走大放電的那群人，和我用小不啦嘰的粉紅能量槍打跑的防毒面具是同一群人的嗎？如果是……他們為什麼這麼堅持一定要抓這三隻貓，甚至不惜和異行者槓上的危險？的確，從防毒面具的對話中聽得出來，他們知道牛奶是異行者……卻還是堅持要抓三隻小貓，為何會冒這麼大的風險……

我皺起眉，問道：「牛奶，那些人……為什麼想抓走這三隻貓？」

牛奶一雙藍色眼眸看向我，微微皺起眉：「吸管……」

「嗯？」我愣了愣，心下一驚。該不會又踩到地雷了吧？不會吧？你這傢伙看起來人好好的，其實滿身地雷啊是不是！根本就是不定時炸彈啊！根本就是偽裝成可愛牛奶瓶的炸彈！

「你……之前似乎也這樣叫過我……為什麼要叫我『牛奶』？」牛奶一臉困惑地看著我。

……咦？

靠！靠靠靠靠！對啦！這傢伙的名字不叫牛奶啊！在心裡喊他牛奶喊習慣了，完全被自己洗腦了啊！怎怎怎怎麼辦？叫人家「牛奶」……似乎不太禮貌啊，「鮮乳」還稍微文雅一些……不對！我該怎麼解釋為什麼我會叫他牛奶啦！

「吸管，你的口誤暫且不罰，咱們改日再論……現在有選項。」小八說道。

我一愣，隱形眼鏡果然傳來了選項。

①因為你的皮膚滑似牛奶，頭髮白似牛奶，個性溫潤似牛奶，臉上還沾過白醬……不叫你牛奶又該叫你什麼呢★可愛的小奶牛❤

② 北鼻，你就像牛奶一樣香濃可口，我當然要叫你牛奶啦★

③ 咦？是你自己跟人家講的啦★你不記得了嗎？

……①是怎麼回事？「臉上還沾過白醬」和叫他牛奶有什麼關係嗎？是因為白醬有加牛奶嗎？還是有其他原因？CUP★LID主機你的程式有問題該去送修了啊！這什麼邏輯啊！②又是怎樣？這個北鼻痞子怎麼又出現了啊！好想扁他啊啊！③呢？裝傻最好會有用……哪個白痴會相信啊！怎麼可能真的會有人以為跟別人說過自己叫牛奶還不記得的啦！

「吸管，選三。」小八說道。

什……什麼！裝、裝傻嗎！真的假的！牛奶最好這麼好騙……

我扯開微笑，說道：「咦？是你自己跟人家講的啦★你不記得了嗎？」

牛奶一愣，表情仍帶著疑惑，說道：「原、原來如此……」他看起來正在努力回想，絲毫沒有懷疑我的意思。

過了一陣子，他抬起頭，一雙無辜的藍眼看著我，不好意思地說道：「抱、抱歉……我、我忘了。我竟然不記得自己說過什麼話……我、我真是……」他不知所措地紅著臉低下頭。

「竟……竟然有這麼好騙的人！」兔毛大驚。

「天然成這樣……這、這傢伙真的是異行者嗎！」狐裘也大驚。

「配上白醬吃起來剛剛好啊啊啊！」鵝絨嘶吼。

「鵝、鵝絨活過來了……！」兔毛再次大驚。

「白醬啊啊啊啊啊啊不要讓我回想起來啊啊啊啊啊啊啊啊啊──」小八的吶喊。

「總司令！妳妳妳妳的鼻血！」虎皮大姊驚呼。

「顏……顏……」

啪嚓！

我關掉耳機。

今天的司令部真的有夠吵……到底發生什麼事了？她們的情緒怎麼莫名高漲啊？

算了，先矇混過去比較重要。

為了轉移話題，我說道：「對了，我還不知道你的名字呢。」沒錯，這樣一來就可以轉移牛奶對牛奶的注意力……不，轉移牛奶對「牛奶」這個名字的注意力。

牛奶一愣。

放電是會傳染的，即使對象是隻貓。

沉默片刻，他垂下眼，說道：「我……沒有名字。」

換我一愣。

牛奶抬眼看我，躊躇了許久，才說道：「我……並不是這個世界的人。」

我眨眨眼，然後點點頭，說道：「嗯，我知道。」

牛奶一愣，「你……你知道？」

「呃……」我微微蹙起眉，「那個……我說過我是打擊罪犯拯救世界的那種存在吧？我們知道會有所謂的『異界門』在這世界上隨機開啟，而異界人或異界生物、物品會從『異界門』掉入這個世界。而我們的任務，就是幫助異界來的事物適應這個世界的生活。」

嗯，好！轉得好，沒錯，就是這麼回事。咬人、削減異界人的能力也包含在「幫助異界來的事物適應這個世界的生活」之內，這種講法真是友善又含蓄啊。

「牛……呃，我是來幫助你的。」我看著牛奶說道。嗯……這種時候……應該要……沒錯，多聊聊對方的事！好，就這麼決定了。

「嗯……你的能力……是從什麼時候開始就這樣了？」我問道。這個問題不知道是不是地雷？應該不是吧？只要不是煮貓綁貓抓貓應該就沒問題。

牛奶沉默片刻，才說道：「從……一開始。」

「一開始？」

「從我出生。」牛奶說道。「母親也是因為如此，生下我的瞬間就過世了。父親將我送到特殊療養機構，但是沒有人能治得好我……沒有人能靠近我。後來我被轉送到一些研究機構，他們要我喝藥，用解剖機器切開我的身體，對我做一大堆實驗。最後一間研究機構，要用解剖儀器切開我的心臟……所以我逃跑了。」

我怔怔看著牛奶。

原來……原來這種能力……原來在他原本的世界，這種能力也不正常？他甚至被解剖……天哪！那到底是哪種不人道的異界？怎麼可以因為他不正常就解剖他……難道沒有人權嗎！難道因為他很像牛奶就真的把他當牛奶不給他人權了嗎！很像牛奶不代表他是牛奶啊！看起來很好喝的不一定就能喝啊！看起來夠甜的也不一定就真的夠甜啊！高級餐廳裡的整盤芥末看起來就像很甜的抹茶蛋糕，一口吃下去卻只會嗆到噴淚，根本就是詐欺嘛！呃，不……總之！難道因為他很像牛奶就真的把他當牛奶不給他人權了嗎！

「所以……我沒有名字。」牛奶垂下眼。

「母親在我出生時過世，父親並沒有替我取名。療養院的人叫我『那個』或是『怪物』，研究機構通常都叫我『七號』、『一二九』或是其他實驗編號。」

放電是會傳染的，
即使對象是隻貓。

什麼！那個世界難道不用報戶口嗎！難道不用取名嗎！怎麼可以因為他不正常就不給他名字啊！太過分了，難道因為他很像牛奶就真的把他當牛奶不給他名字了嗎！牛奶也是有名字的啊！沒聽過闇泉鮮乳嗎？沒聽過淋瘋蠅嗎！牛奶也是有名字的啊！淋瘋蠅就算酸掉了還是淋瘋蠅啊！呃，不……總之！難道因為他很像牛奶就真的把他當牛奶不給他名字了嗎！

「我沒有其他名字能讓你稱呼……」牛奶一雙藍眼眸看向我，笑道：「所以，你就……叫我牛奶吧。」

第十章　會從天而降的不一定只有外星美男和總裁

THOSE ALIENS TASTE NOT GOOD AT ALL

這是一個天空晴朗的明亮早晨。我坐在座位上，盯著窗外的藍天發呆。好感度已經六十三了……我卻一點也開心不起來。

牛奶他……牛奶他……真的好可憐啊！那個世界的人實在太壞了，怎麼可以因為他與眾不同就把他抓去解剖、不給他名字呢？

牛奶的心地多麼善良啊！即使被這樣對待，還是不願意傷害任何人，不會憤世嫉俗痛恨這個世界……他仍然愛著這個世界啊！被那個世界的人冷酷以待，他仍然希望有人陪伴，但是卻會傷害所有接近他的人或生物……不！可憐的牛奶啊啊啊！你的命運為何會如此坎坷！

哦！你們這些討厭的藍天，難道不知道牛奶的痛苦嗎？你們怎麼還晴朗得起來？太過分了！聽到牛奶那悲傷的過去，你們怎麼還藍得起來？應該要下一場大雨……不！不准下雨！下雨或許會讓牛奶更難過！陰天……不！也不許陰天！你們的沉悶說不定會感染牛奶！總之……噢！天空啊，你們怎麼會如此無恥！牛奶這麼傷心難過，你們竟然還藍得起來！

預備鐘一響，違建就走了進來。

「各位同學，咳嗯，今天有兩位插班生，會在這裡和你們一起學習一整天。也就是今天，咳嗯。」違建細長的小眼睛掃視全班。「大家記得要好好督導這兩位插班生，不要讓她們在無意間得罪我，否則我一樣讓她們哭著回國，咳嗯。」

哦！可惡的違建，可惡的插班生，難道不知道牛奶的痛苦嗎？怎麼還有心情玩什麼轉學一天的遊戲？你們應該要繼續過你們的生活……不！應該要去幫牛奶……不！你們根本不知道要怎麼幫牛奶！尤其是你，違建！別說幫牛奶了，若是由你去，肯定說不到兩句話就會讓牛奶就會放電大暴走！總之……噢！違建啊！插班生啊！你們怎麼會如此無恥？牛奶這麼傷心難過，你們竟然還有心情玩轉學遊戲！

「但是呢……咳嗯！這兩位插班生竟然還沒到校。」違建危險地瞇起雙眼，「只要再過三十秒，鐘聲響起，就算遲到。插班生遲到，比普通生遲到更不可取……咳嗯！若是十五秒內她們還沒進教室，我肯定，咳嗯，讓她們哭著回國，咳嗯。」

違建看著手錶，「十三……十二……十一……十、九、八、七、六、五、四、三……二——」

「那、那是什麼？！」窗邊的七仔一陣驚呼。

「往、往這裡來了！」手榴彈也喊道。

「鳥？」

「飛、飛機？」

什麼？！這、這種模式……該、該該該該該該不會又是總裁吧！不！不會是總裁吧！不要是總裁啊啊啊！

「等等……」手榴彈瞇起眼。

「那……那是……美少女和小蘿莉啊！」

……啥？

我跟著看向窗外，還來不及反應，窗戶就被撞破。

班上同學一陣尖叫。

站在講台前的——是穿著本校制服的風鈴草和雛菊。

「大家好！我是雛菊．莉莉絲。」雛菊露出燦爛的笑容，天真且用力地將背上的降落傘背包扔出破裂的窗外。

「大……大家好，我、我是……風鈴草．麗妲。」風鈴草害羞地紅著臉，緊張地抓著降落傘背包想將它脫下，卻因為太過緊張，怎麼也脫不下來。

全班呆滯，看著從天而降撞破窗戶出現在我們班上的美少女和小蘿莉。

這……這……這不是風鈴草和雛菊嗎！CUP★LID出任牙印，弱氣天然呆嬌小美少女和天真小蘿莉啊！為什麼她們會從天而降撞破窗戶出現在我們班上！

最先回神的是違建。他說道：「兩……兩位插班生，咳嗯……妳們……妳們為什麼要從窗戶進來？」

「欸嘿★」雛菊可愛地敲腦袋吐舌頭，「因為人家的爸爸是總裁，搭飛機到學校撞破窗戶從天而降是家常便飯呢。」

風鈴草扭捏地抓著裙襬，細聲道：「那、那個……因、因為我的祖父大人是總裁……所、所以搭飛機到學校撞破窗戶從天而降……是、是……是家規……真的很抱歉……」

全班呆滯，看著站在碎玻璃上的美少女和小蘿莉。

違建沉默了三秒。

「是總裁啊……」違建面色冷靜，「那就沒辦法了。」

「妳們……咳嗯，正好在八點十分零秒趕到……咳咳嗯，不算遲到。總……總之……下次注意一點，咳嗯。」違建轉身走出教室，甚至忘了一地的碎玻璃。

此刻，盤據我腦中的，不是風鈴草和雛菊為何會轉入我們班，也不是她們為何從天而降，而是……幹！這他媽是什麼爛設定！總裁個毛啊！總裁個毛啊啊啊！為什麼要是總裁！為什麼總裁就一定要搭飛機到學校撞破窗戶從天而降！這這這這到底他媽是什麼爛設定啊啊啊啊啊啊啊啊啊啊啊啊啊──

★

學餐裡，我非常淡定地看著眼前的風鈴草、小八和砂金。雛菊去買午餐了。

「嗯。我不會問她們為什麼要搭飛機到學校撞破窗戶從天而降，我只想知道……」我深吸了一口氣，壓下胸口莫名翻滾的殺意，「……為什麼？為什麼是總裁？他媽為什麼又是總裁啊啊啊！」我拍桌。

「嗚！」風鈴草嚇了一大跳，雙眼泛淚。

「哦──吸管弄哭插班生了──」砂金邊吃學餐的義大利麵邊說道。

「抱、抱歉！」我趕緊看向風鈴草，「不，我不是說妳……是說這傢伙啦。」我指向小八。

會從天而降的不一定只有外星美男和總裁

「啥？你問我喔？」小八埋頭苦吃我替她做的便當，邊嚼金黃色的甜煎蛋邊說道：「哈蛤用齁？夯藍四音費組有總裁才有豬格蟲天鵝楨咩。」小八咂巴咂巴地嚼著甜煎蛋。

「沒錯，的確只有總裁才有資格從天而降。」砂金表示同意，因學餐義大利麵的噁心調味而作嘔了一下，才又繼續說道：「經過『讓我鞭吧★SEXY總裁惡魔』的洗禮，我深深了解到唯有總裁才有資格從天而降的這個道理。」

「……你們說的是同一種語言嗎？不，等等！砂金你……砂金你……你怎麼可以被小八洗腦！怎麼連你也總裁了！」我大驚。

「與其當一個被霸凌者，不如直接加入加害者聯盟。」砂金攤手。

「Yoooooo——」小八伸手和砂金擊掌。

「加……加害者聯盟你個頭啊！」我拍桌，「哪有這樣的！那我也要加入加害者聯盟！」

小八和砂金對看一眼，同時攤手說道：「哎呀，沒辦法。誰叫你是食物鏈底層呢？」

「什、什什什什什麼！太過分了！我是草嗎！難道我是草嗎！」

「不，你是泥土。」砂金正色道。

「我連草都不如嗎！」我大驚。

「泥土包容一切、孕育一切啊，很偉大的。」小八嚴肅道。

「所以才是個總受。」砂金煞有介事地點頭。

「Yoooooo——」小八伸手和砂金擊掌。

「『Yooooooo』妳個頭啊！你們在『Yooooooo』什麼啦啊啊啊！」我含淚吶喊。

「好啦，回歸正題……」小八吃下一顆章魚小香腸，壓低了嗓音說道：「這次風鈴草和雛菊會轉學過來一天，當然是為了教你『裝可愛實技』啊。」

我一呆，「裝……裝可愛實技？」

「這次粗略推測分析了牛奶喜好——他感興趣的應該是『可愛的東西』。」小八吃掉一條蘆筍培根捲，「在出任牙印中，最符合這項條件的就是雛菊和風鈴草了。」

「所以……我得和她們學……呃，可愛？」

「咩輟。」小八吃掉一整球馬鈴薯沙拉，「必須將這些技巧潛移默化入你的本能、你的靈魂，自然而然地流露出來，因此這一整天她們兩人都會跟你在一起。」

「一整天……裝、裝可愛……」我震驚地喃喃道。

「嗯，放學後還會有特別節目喔。」小八預告。

……特別節目？放學後的特別節目？我感到一陣不妙。

「不，等等……裝可愛是要怎麼學啊？而且……這、這……裝出來的可愛真的可愛嗎？」我說道。

「喔喔！這個我知道！」小雛菊皺起眉，「出任組的教科書《可愛教條★融化你吧》上有寫！嗯，唔……對了，可愛教條第三章第二十七條——」

小雛菊突然站起身，鼓起雙頰嗔道：「希管哥哥！為什麼？為什麼你都不接受人家？」小雛菊紅著臉，「人家……人家明明是這麼地喜歡希管哥哥……希管哥哥卻……卻……」

學餐響起無數驚呼。

此時我才發現，學餐裡所有人的目光都集中在我們這桌。

「幹，那不是吸管嗎？」七仔的聲音傳來。

「幹！剛剛那是小雛菊吧？」手榴彈的聲音。

「他有那個帥爆了的轉學生還不夠嗎？怎麼連這個插班生美少女也不放過啊！」

「他媽男女通吃啊，混帳東西。」

「不……雖然小雛菊和我們同班，但她怎麼看都是小蘿莉吧？她應該是跳級的小蘿莉吧？」

「幹！吸管這他媽的變態蘿莉控！」

不！不不不不不！我才不是蘿莉控！不是啊啊啊啊！抵禦部那個八字鬍管家才是變態蘿莉控啊啊啊！

「希管哥哥，你、你都已經對人家做過那種事了……」小雛菊癟嘴，「還是打算要拒絕人家嗎？人、人家對希管哥哥……」

「呃……不……小雛菊……」我冷汗狂冒，想制止小雛菊以示範之名行毀謗之實的行動。

「不、不是啦，雛、雛菊……」風鈴草說道。

沒錯啊啊！風鈴草啊啊啊！快阻止小雛菊吧！快幫我洗刷我的名聲啊啊啊啊！

「妳那不是第三章第二十七條，是、是第三章第四十一條……」風鈴草說道，「第三章第二十七條是這樣才對——」

風鈴草站起身，雙眼泛淚看向我：「吸……吸管……」她抖著嗓音說道，「你……已經有其他人了對不對？」

「明明已經對人家做了那種事……」風鈴草垂下眼，哽咽了聲。

什什什麼是那種事啊啊！我倒底做了什麼給我說清楚啊啊啊！為什麼妳們這部分都這麼語焉不詳啊啊啊啊啊！

然後，她抬起頭，露出一抹微笑，堅強而悲傷的微笑：「沒、沒關係的……你……你的幸福就是我的幸福。我……我會……祝你幸福……」語畢，淚水滑出風鈴草眼眶。

我嘴角抽搐。

「幹！連……連這個清純美少女也慘遭吸管魔手了嗎！」七仔的聲音。

「幹，他媽基佬和蘿莉控雙修還不夠，還跨刀汙染清純美少女？」手榴彈的聲音，「接下來是什麼？御姐？大叔？學餐阿姨？」

「靠，後宮王也不是這樣當的啊！要把男人還是把女人，選定一種好不好啊！」七仔說。

「幹，你第一次說出這麼有道理的話。」手榴彈說。

誰是後宮王啊啊啊！到底什麼是後宮王啦啊啊啊！

「他媽的，我看我們乾脆召集全校把吸管給蓋布袋好了，反正現在所有人都想殺了他吧。」七仔說。

「哈，後宮王生來就是要被追殺的啊，他媽的。」

我感受到全身上下插滿了刺人的目光，整個學餐裡的好同學們都意圖用眼神謀殺我。

不……不！我、我是清白的啊啊啊……

「哎呀，風鈴草，雛菊……」砂金開口了。

太好了！砂金！不愧是我的青梅竹馬！不愧是我的死黨！不愧是金髮耳環！快！快幫我澄清啊啊啊！

「他愛的是九世嘛。」砂金說道。

幹！

學餐響起無數抽氣聲。

「果然是九世嗎！」白飯憤怒的聲音傳來。

「可惡的淫魔……」芝麻（因為她吃飯時芝麻常常黏在臉上）咬牙切齒，「愛著九世，竟然還染指那個可愛的小女孩和那個可憐的女生……」

不是啊！不是啊啊！你們不要聽砂金亂講啦！真的不是啦啊啊！

「沒有喔——」小八開口了。

小八啊啊啊！不愧是我的妹妹！我最親愛的妹妹啊啊！我就知道妳一定會幫我的！我就知道妳還留有一點良心！快！快幫我解圍啊啊啊！

「哥哥他啊，現在愛的是一個很會放電的白髮男呢。」小八擦了擦嘴，蓋上粉紅色的便當蓋。

幹！幹幹幹幹幹！我再也不做便當給妳吃了啦啊啊啊啊——

「什麼？很、很會放電？又一個帥哥是吧啊啊啊！」白飯的嘶吼。

「喔！對啦對啦，那個很會放電的白髮男。」砂金說道，「沒錯沒錯，那天白髮男臉上還沾上吸管的白醬……」

學餐響起無數驚恐的抽氣聲。

「白……白醬！變態！吸管你變態！大變態啊！」白飯驚恐。

「白醬……猥瑣！淫邪！下流！」芝麻怒斥。

「馬的白醬，幹，他媽世界級的變態啊。」手榴彈說。

「幹，白醬，幹，白醬，幹，白醬，幹幹幹幹幹。」七仔說。

白、白醬錯了嗎！白醬錯了嗎！難道白醬錯了嗎！幹！你們到底對白醬有什麼意見！即使被牛奶電過，我煮的白醬還是很好吃啊！配上海鮮義大利麵剛剛好啊！

「沒辦法，事已至此……」手榴彈惋惜地搖搖頭，「就死刑吧。」

「斷頭台。」白飯說。

「電椅。」芝麻說。

「違建的鼻孔。」七仔說。

學餐裡瀰漫著一股殺氣，所有人雙眼放出陰光，全都磨刀霍霍向我走來。

不……不、不、不……不要啊啊啊啊啊──

第十一章　番茄汁根本不夠甜

THOSE ALIENS TASTE NOT GOOD AT ALL

我用盡平時沒在用的百分之一百二十的潛能想逃出學餐，而離我最近的出口就是學餐後門。

我飛快衝向後門——然後被我的好同學絆倒，又被人從後面推了一把——

「喂！是我先要推的耶！」七仔不滿地喊道。

「先推先贏，下次請早。」手榴彈說道。

「嗚喔！」我踉蹌往前摔，結果有人竟然丟出香蕉皮，他媽的老套的香蕉皮——然後我就滑倒了。

「嗚啊啊！」踩到香蕉皮，我飛快向前摔，撞過好幾冊不知是誰伸出來的建設學課本，在不知是誰潑出來的玉米濃湯上又滑了一跤——

咚！

我的臉撞上一堵牆。

牆？這、這牆的觸感怎麼有點不像牆？而且周遭怎麼突然變得那麼安靜？

我緩緩抬頭。

那是一張十分熟悉的臉。兇狠的眼神，一側全都編上去的紅髮，骷髏咬番茄的耳環、項鍊、T恤……番、番、番、番番番番番番番番番茄汁啊啊啊啊啊啊啊！

那天的吸血鬼啊啊啊！會把腦漿當番茄汁喝的惡魔啊啊啊啊啊！學校不良少年的老大啊啊啊啊啊！

番茄汁眉頭緊皺，看著撞上他胸膛的我。

啊啊啊啊啊啊啊啊啊啊啊啊啊！

我立刻向旁邊跳，跳到學餐後門前，正拉開門想用光速逃跑——

砰！

才拉開了三公分的門因一股強大外力瞬間關上。

我極度僵硬而緩慢地轉頭。

番茄汁單手按在門上，金屬門板隱隱出現凹痕。

「喂，呆毛。」他冷冷看著我。

學生餐廳一片靜默，無人敢妄動或交談，全都假裝很認真地看著自己的餐盤。

番茄汁根本不夠甜

他將手伸進口袋。

啊啊啊啊啊啊啊啊！啊啊啊啊啊啊啊啊啊啊啊啊啊啊啊啊啊啊啊啊啊！你想做什麼！你想做什麼！拿出小刀嗎？拿出大刀嗎？拿出電鋸？拿出鑽孔機？拿出一根吸管把我的腦漿像喝番茄汁一樣喝光光？

不、不不不不要啊啊！我們牙印的腦漿不好喝啦！真的一點都不好喝啦！沒有人在喝那種東西的！我請你喝一百瓶加了三倍糖的番茄汁好不好！番茄汁加了三倍糖很好喝的，夠甜啊，相信我啊啊啊啊啊！

他拿出一樣東西，拎在我面前。

啊啊啊啊啊啊啊啊啊啊啊啊啊啊啊啊啊啊啊啊啊啊啊啊啊啊啊啊啊啊！不要啊啊啊啊啊啊啊啊！那是我的腦殼吧！一定是吧！用了超能力以光速把我腦殼拆了吧！接下來就要像喝番茄汁一樣把我的腦漿喝光光了吧！不然我給你加了五倍糖的番茄汁嘛！不不不，不然七倍糖好了！不要把我喝光光啊啊啊啊啊！

不不不不不！與其被當成番茄汁喝掉，我寧願被當成草莓奶昔喝掉啊！不然就是水蜜桃公主嘛啊啊啊！番茄汁根本不夠甜啦啊啊啊啊啊啊啊啊——

嗯？

我定睛一看，發現那不是我的腦殼，而是……一條兜襠布。

正確來說，是一條四分之一比例的兜襠布。

「這是你的。」番茄汁拎著那條四分之一比例的兜襠布說。

……啥？

學餐響起無數抽氣聲。

「天、天啊……番長他……他……來還吸管兜襠布？」七仔大驚。

「吸……吸管他……怎、怎麼會把兜襠布遺落在番長那裡？」手榴彈大驚。

「那、那真的是兜襠布嗎？怎麼那麼小件？」白飯大驚。

「不……那、那是……兜、兜襠布型的丁字褲啊！」芝麻大驚。

兜襠布型的丁字褲妳個頭啊啊啊啊！我才沒有那種東西！這不是我的啊啊啊！

「掉在器材倉庫後面了。」他收回按在金屬門上的手，拿出一瓶番茄汁，插上吸管，喝了起來。

正……正牌的番茄汁！他在喝正牌的番茄汁！裡面裝的該不會是調包過後的腦漿吧……嗯？等等，他剛剛說了什麼？掉在……器材倉庫後面？我什麼時候去過器材倉庫……啊！看到他的吃人現場那天……等等，這挑兜襠布看起來有那麼點眼熟……四分之一比例……總、總總總總總裁天使模型的兜襠布啊啊啊！

學餐又是無數抽氣聲。

「器……器材倉庫！吸、吸管……在器材倉庫掉了一件兜襠丁字褲！」七仔大驚。

「吸……吸管和他……做、做了什麼，怎、怎怎麼會讓兜襠丁字褲被留在那裡？」手榴彈大驚。

「吸、吸管他……到底和番長在器材倉庫做了什麼！」白飯大驚。

「兜襠丁字褲啊啊啊！」芝麻大驚。

「這不是我的。」我冷靜看向番茄汁。

番茄汁皺起眉，將兜襠布翻到另一面。那一面上面寫著幾個大字：

希管・德古拉

幹——！幹幹幹！為什麼總裁的兜襠布上會寫我的名字！為什麼！原本不是寫著總裁的嗎？糟……糟糕，小八好像說過，兜襠布有自動銷毀訊息的功能……不！那為什麼只銷毀總裁和訊息內容，卻填上了我的名字啊！這自動銷毀功能居心何在啊！

學餐又是無數抽氣聲。

「吸管竟然在兜襠丁字褲上寫名字。」七仔面色冷靜。

手榴彈、白飯、芝麻面色冷靜地點頭表示同意。

「不！那、那那那那真的不是我的啊！」我看向小八，「小八啊！我親愛的妹妹！這件兜襠布不是我的啦！妳、妳妳妳知道事實的吧！」

「是，我的確知道事實。」小八哀愁地嘆了口氣，抽噎道：「哥、哥哥他……他在家裡都穿著那件兜襠丁走來走去……」

「屁——啦——！」我驚喊。兜襠丁又是什麼東西？幹嘛還縮寫啊啊啊！它跟妳很熟嗎！我轉看向砂金求救：「砂金，我知道你一定知道事實的，對吧？對吧？」

「沒錯……」砂金嘆了口氣，「那件兜襠丁字是總裁給他的。」

「總裁？！」學餐內響起一陣驚呼。

「吸管你到底腳踏幾條船啊？現在連總裁都加入了嗎？」白飯一臉鄙視。

「不！白飯啊啊啊！妳還記得嗎？這是當初那個破窗而入的總裁模型硬塞給我的兜襠布啊！」我欲哭無淚地吶喊。「妳記得的吧？肯定記得的吧！」

「當然記得。」白飯說道，「當初寫在兜襠布上的是『總裁』，不是你的名字。」

「所以這件果然是吸管的啊啊啊！」芝麻喊道。

「你到底拿不拿？」番茄汁看起來非常不耐煩，拎著那條兜襠布冷冷看著我。

「拿、拿……不、不是……」我往後退了一步，還想解釋，眼前卻突然紅光一閃。

唰！

番茄汁向旁邊一閃，躲過一柄蝴蝶刀。蝴蝶刀卻劃過了他手上的番茄汁，番茄汁鋁箔包瞬間斷成兩截，鮮紅的番茄汁灑了我滿臉。

學餐一陣尖叫。

「唉呀呀……這不是番長大人嗎？」一名在左邊腦袋上剃出一隻兇猛的鱷魚圖樣的飛機頭拿著蝴蝶刀，站在番茄汁面前。

鱷魚飛機頭跳到一旁學餐餐桌上，把那桌的同學嚇得跌落椅子。鱷魚飛機頭甩了甩手中的蝴蝶刀，大聲說道：「四個月前……這傢伙搶了我的番長寶座。現在……我要讓各位見證，我將寶座奪回來的光榮時刻。」

有人查覺事態不妙，想衝出學餐大門，兩名飛機頭卻擋住了大門口。

「當然……在見證我奪回寶座的光榮時刻之前，沒有任何人……能離開這裡。」鱷魚飛機頭咧開嘴角。

我抹掉臉上的番茄汁，呆呆看著這場突發狀況。

番茄汁看向手中斷成兩截的鋁箔包，和裡頭所剩無幾的番茄汁。他抬起一雙墨綠眼眸，看向鱷魚飛機頭：「你這傢伙……」他的綠眸泛著兇狠的光芒，雙眼微微瞇起：「是來……挑戰我的嗎？」

他捏扁手中的鋁箔包扔向一邊，扯下脖頸上的骷髏咬番茄金屬項鍊。金屬項鍊發出一陣紅光，瞬間變為一把巨劍，劍柄造型和原本項鍊相同，是咬著番茄的骷髏。

他、他他他他的項鍊變成一把劍！搞、搞什麼，這種稀有技術不是只有CUP★LID和一些極機密的高級武具製造者才有辦法……不愧是把腦漿當番茄汁喝的番長，連這種東西都——

「這才像話……」鱷魚飛機頭瞇起雙眼，抄出一把釘滿鋼釘的金屬棒球棍。

接下來就一整個超展開——拿著茄紅巨劍的番茄汁和拿著鋼釘金屬棒球棍的鱷魚飛機頭，在學餐裡展開了一場爭奪番長寶座的對決。

他們從後門打到前門，地上打到餐桌上，用餐區打到學餐阿姨休息室，造成學餐內驚恐尖叫聲不斷。

當他們打到風鈴草、小雛菊、小八和砂金那一桌時，站在桌上的鱷魚飛機頭用力一揮金屬球棍，卻被番茄汁閃過。

金屬球棍就這麼直直揮向小雛菊。

學餐響起驚恐尖叫。

不！小雛菊啊啊啊啊啊！

鏘！

金屬撞擊聲。

……嗯？

我小心翼翼地睜開眼。

就見小雛菊右手舉著一支淺黃色的可愛魔法杖，擋住鱷魚飛機頭的金屬球棍。

「討——厭——」小雛菊嘟起嘴，「不能拿著危險物品走來走去啦，大葛格。這樣很危險的唷★」

鱷魚飛機頭怔忡片刻，才回過神道：「妳……妳這傢伙是怎麼回事……力氣也太……」

「也不能踩在桌上唷，這樣桌子髒掉，會被媽媽罵呢★」小雛菊用左手敲了敲腦袋，可愛地吐了吐舌頭。

「可……可惡……」鱷魚飛機頭咬牙，被小雛菊的魔法杖檔住的金屬球棍微微顫抖，

「妳……妳這傢伙……看招啊啊啊！」鱷魚飛機頭舉起金屬球棍猛力揮向小雛菊。

小雛菊將可愛的淺黃色魔法杖輕輕一揮。

鏘！

金屬球棒被震飛，插進學餐牆上。

「都說了不能拿著危險物品走來走去的嘛！大葛格真是的——不乖唷。」小雛菊嘟起嘴，舉起魔法杖：「不乖的孩子就要用魔法施予懲罰★」

鱷魚飛機頭嚥了口唾沫，臉色蒼白地倒退了一步。

「布溜布溜★沙包、醬菜和泥鰍，磚頭、鹹魚和豬油★不乖的孩子，飛出去吧！」小雛菊一揮魔法杖。

砰！

磅！

鱷魚飛機頭被打飛，插進學餐牆上。

學餐一片靜默。

她看了看手上可愛的淺黃色雛菊小手錶，驚呼：「啊！到了該去和熊熊先生喝下午茶的時間了呢。」

小雛菊跳下桌子，小跳步向學餐大門前進。

「等等。」番茄汁喊道，手上的巨劍變回原本的金屬項鍊，瞇起雙眼：「妳……是什麼人？」

小雛菊回頭，揮了揮魔法杖，魔法杖發出一陣淺黃色光芒，變回一枚雛菊髮夾。她伸手將它夾回腦袋側邊的小馬尾上，說道：「人家……只是個普通的可愛小女孩唷★」

她轉身，邊小跳步前進邊唱道：「熊——熊先生愛吃的是什麼呢★醬菜醬菜、泥鰍泥鰍——熊——熊先生愛喝的是什麼呢★鹹魚鹹魚、豬油豬油——」

小雛菊唱著歌，小跳步跳向學餐大門，原本守在大門口的幾名飛機頭全都臉色蒼白地讓開一條路。

「熊——熊先生愛玩的是什麼呢★沙包沙包、磚頭磚頭——熊——熊先生愛玩的是什麼呢——」

第十二章　讓被詛咒的王國解開詛咒的方法怎麼可能會是裝可愛

THOSE ALIENS TASTE NOT GOOD AT ALL

「這……這是怎麼回事？是……牛奶的機械生命店嗎？」我看著司令部前方的大螢幕。

「沒錯。」小八說道，「這次的異行者比較特別……在這個世界已經有固定居所。CUP★LID主機會全天候監視這個地方，兔毛他們也會輪班待在這裡掌控情況。」

一放學，我就被拖到CUP★LID司令部。大螢幕上是牛奶店鋪「發條城堡」的俯瞰影像、正面拍攝、建築物內部拍攝等等各種即時畫面，可以看見牛奶正坐在櫃檯前，戴著一副放大鏡般的單邊眼鏡，製作一隻鏽銅色的貓頭鷹……甚至還能看見那隻名為艾斯普雷的機械鼠，在地板上和螺絲釘牠們玩成一團。

「還有……狼毫。」小八說道。

「是。」狼毫應道，從電子桌面一揮，一支大型能量槍的數位模型投影就傳送到司令部中央。

小八比手勢要我過去。

我走到小八身邊。

「這槍是……」我皺起眉。

「那天去搶牛奶的貓的那群人留下的。」小八說道，「另一個也傳過來。」

狼毫送過來另一個數位模型投影，這次是一只特殊禁制箱。

「我們查過那把槍的武具編號……」小八說。

「然後呢？」我問道。

「結論是——沒有武具編號。」小八操作著能量槍的數位模型投影，將槍的各部位拆解打散成結構圖，「這不是黑市走私的槍械，就是未經許可、私自組裝的地下武具商產品。市面上並沒有這種款式的能量槍……它的能量核也十分特別。」

小八伸手一揮，能量槍的外殼散開，她比向能量槍中心的一顆能量核。在數位模型投影中，這顆能量核呈暗紅色。

「目前第五世界聯邦沒有任何一間武具店、武具零件商或是其他地方有製造、生產或進口這種能量核……或許應該說，數據上，這種能量核並不存在。」小八皺起眉。「要大量生產這種能量核，甚至製作成武具，背後必定有個財力、勢力雄厚的組織……」

「牛奶或許被牽扯進什麼危險事件裡了，你自己也小心點。」小八說道。

「不……等等，如果真有這種組織……他們幹嘛要搶牛奶的貓？」我問道。「而且他們似乎也知道牛奶是異行者，何必冒這麼大的風險……」

「我們從你上次穿回來的衣服上取得了一根貓毛——」小八說道，「現在研究部正在化驗。那三隻貓並不怕牛奶的電流，甚至還跟著放電，加上……」小八將特殊禁制箱的投影拉過來，「這種禁制箱剛好設計來阻絕強力電流。」

「由此可見，那些人早就知道了那三隻貓的特殊能力。」小八皺起眉，「或許是某間地下生化實驗設施、特殊物種培養中心的產物，在實驗途中逃了出來。唯一能確定的是，牠們絕對不是從正常、合法的管道誕生的。」

「而那些人要冒這麼大的風險將牠們帶回去——或許是這三隻特殊的小貓已經有了特殊生物收藏家買主，出價高得讓他們甘願冒著與異行者對抗的危險也要將貓奪回，或是更嚴重的——要將牠們提煉成機械生命的武具因子。」

「貓毛的化驗結果出來後會再讓你知道。」小八說，「槍械方面……目前刑事部正在追蹤這種能量核的來源，嘗試找出幕後操盤者。」

「總之——這件事並不單純，你自己多注意點。」小八看向我，面色嚴肅，「不過，現在，更重要的，是……」

我也跟著緊張起來，趕緊問道：「什麼？是什麼？」

「這個。」小八嚴肅地從司令桌底下抄起一套貓裝。一套和之前我穿的類似，但多了一點童話王國風格的貓裝。

「這是什麼。」我面色平靜。

「裝可愛訓練的時間到了。」

讓被詛咒的王國解開詛咒的方法怎麼可能會是裝可愛

★

「好了，吸管，這裡是CUP★LID出任組的特別演練舞台。」小八的聲音從耳機傳來，「我和狼毫、兔毛、狐裘都在監控室待命，隨時解說與指示動作。」

「呃……我想問的是……我們不是只是要磨練裝可愛技能嗎？」我問道。

「嗯，不然呢？」小八說道。

「那……那……為什麼又得穿上這種衣服啦！」我欲哭無淚地喊道。

「這是戲劇式實技快速習成法，當然必須講求服裝、道具、舞台、劇情等一切的完美平衡。」小八怒斥：「風鈴草和雛菊也都毫無怨言的穿了，你一個大男人在這裡哭哭啼啼什麼？這像話嗎？要哭當然得到九世懷裡去哭啊！」

「什麼啦！我不是只是來這裡聽那個能量槍和貓的事而已嗎？」我說道。

「不，那些只是順便。」小八說道。「帶你來CUP★LID，最主要的當然是為了這場戲劇式實技演練啊，小笨蛋。中午不是就跟你預告過有特別節目了嗎？」

什……什麼！我大驚。只是順便嗎！前面那些很嚴肅的一大串都只是順便嗎！那個什麼能量核、生化研究、武具因子和背後彷彿有什麼恐怖的反政府組織之類的，全都只是順便嗎！

「咳——咳嗯，麥克風測試，麥克風測試……」兔毛的聲音從廣播器傳來。

這裡是CUP★LID出任組的戲劇式實技模擬演練室。四周都是白色方格的立體投影牆，只要載入背景模組，就能讓演出者及觀摩者看到逼真的背景。

「聽得到嗎？各位演出者！這次由司令部部員——狼毫，擔任旁白。她的聲音會從這個擴音器傳出去——」兔毛說道。

目前只有穿好貓裝戲服的我、風鈴草和雛菊待在模擬演練舞台裡，其他人似乎都在隔壁房間準備，等劇情到了才會出場。

「好了，三位演員請準備——不知道劇本或忘了劇本都沒關係，你們就跟著狼毫的旁白演吧！」兔毛說道。

接著擴音器傳出了狐裘的聲音：「第一幕背景模組載入完成，準備開始。三——二——一——上。」

「很久很久以前，在一個充滿魔法的國度裡，有著一座美麗又富饒的王國。」狼毫的聲音傳來，「但是，有一天，這座美麗富饒的王國被詛咒了。施下詛咒的是五位魔女，她們因為被逐出王國而懷恨在心，對整座王國降下了詛咒——美麗的藍天變成煙塵滿布的灰色天空，歌唱的河水變成冒著氣泡的汙濁腐水，遍地青草成了焦油與煤灰，森林與花朵則成了佈滿鐵鏽的荒原。而這個國家的國民，只要離開這座國度，就會立刻因詛咒變成機械零件——例如齒輪、鐵屑、螺絲釘或金屬板。」

「這樣的日子持續了一百年，女王終於無法忍受。於是，她召來宮廷魔法師，把不小心從國度之外闖進來的三隻貓，變成了人形。」

我們周遭的景像開始變換，成了一座華麗的廳堂。廳堂以黃銅築成，並用紫晶石與黑鐵雕像裝飾。在我們正前方——是一座華美的黃銅王座。

喔喔，原來是有童話氛圍的故事嗎？但我們穿不穿貓裝似乎沒差吧。其實我們可以穿成機器人、綠巨人或是超人的啊。

「三隻小貓啊！知道我為什麼將你們找來嗎？」第一位角色出場了。那是……身穿金色、紫色與黑色華服，戴著紫晶石王冠的紫羅蘭。

我看了看風鈴草與雛菊，她們都搖了搖頭，於是我也跟著搖頭。

「因為，你們必須幫助這個王國，讓那五位邪惡的魔女收回詛咒。」紫羅蘭扶正頭上的紫晶石王冠，「只有從外界來的你們能安全離開這個國度。而聽說這五位魔女都非常喜歡可愛的事物……」

「我現在命令你們，去攻略那五位魔女，讓她們收回對這個王國的詛咒。蟯蟲。」紫羅蘭女王說。

蟯……蟯蟲？這、這不是要五分鐘凝望之後才會出現的女王模式嗎？現在怎麼又出現了？

「三隻蟯……小貓啊！你們沒有拒絕的權力。我們宮廷魔法師對你們施下的魔法，除了讓你們變成人形，也會讓你們只能走上替我們解開詛咒一途。只要你們不在前往解開詛咒的路程上，就會被魔法侵蝕，全身痛得像被鞋底……不，被這尊黑鐵雕像輾過一樣痛。」

紫羅蘭指向廳堂中央的黑鐵雕像。

「好了，三隻蟯……小貓啊，快踏上你們的解開詛咒之路吧！用你們的可愛模樣去攻略那五位邪惡魔女，拯救這座王國！蟯蟲。」紫羅蘭舉起手中的紫晶石權杖。

四周暗了下來，最終變成一片漆黑。

狼毫的旁白傳來：「據說，五位魔女就住在西方，遙遠的西方。因此，三隻小貓往太陽落下的方向前進，直到遇見第一位魔女——雪魔女。」

眼前的景象變成一座雪白的宮殿，而雪魔女——小百合，就站在宮殿前方的台階上，俯看著我們。她身穿有如水晶綴成的白色禮服，拿著一支前端是雪花造型的白色權杖。

「三隻小貓，你們來這裡做什麼？」小百合說道，「如果是為了替被詛咒的王國解開詛咒的話，我、我是絕對不會幫助你們的。」

「真、真的不行嗎？雪魔女姊姊——」雛菊睜大雙眼，可憐兮兮地由下往上看著小百合。

「拜……拜託，我們真的必須解開詛咒……」風鈴草細聲說道，膽怯地看著雪魔女。

「吸管！首先是初階。」小八的聲音從耳機傳來，「注意了，要顯得可愛就要像雛菊和風鈴草一樣——眼睛睜大一些由下往上看著對方。重點是，臉的角度不變，只有眼睛往上看。」

小百合看向我。

呃！換、換我了嗎？我也要？

讓被詛咒的王國解開詛咒的方法怎麼可能會是裝可愛

我只好嘗試小八說的，臉不動，眼睛向上看，說道：「呃……請、請幫那個王國解開詛咒……？」

「哼！」小百合冷哼了聲，「看……看在你們這麼可……咳，這麼有禮貌的份上……好、好吧，我解開詛咒。」小百合說道，「但是，必須讓其他四位魔女也解開詛咒，被詛咒的王國的詛咒才會真正解除。」

周遭又暗了下來。

狼毫的旁白傳來：「第一位魔女的詛咒解開了，還剩下四位。於是，三隻小貓繼續往西走，朝太陽落下的方向前進，直到遇見第二位魔女——火焰魔女。」

眼前的景象變成一座赤紅的花園，花園裡開滿了火焰形成的紅花，而火焰魔女——薔薇，就站在花園中央。她身穿燃著火焰的紅色禮服，拿著一支赤紅火焰權杖。

「哎呀呀……三隻可愛的小貓咪，你們在這裡做什麼呢？」薔薇說道，「該不會……是為了幫被詛咒的王國解開詛咒吧？」薔薇瞇眼笑道：「真是可惜呀，三隻小貓咪。身為守護詛咒的五大魔女之一——我是不會解開詛咒的。」

「討、討厭——為什麼不幫我們解開詛咒嘛！火焰魔女姊姊——」雛菊鼓起雙頰，微紅著臉，語氣微嗔。

「嗚……討、討厭啦……」風鈴草紅著臉，眼中有著些許淚光，嗔道：「人、人家都這樣拜託妳了，妳……妳為什麼還是不幫人家解開詛咒嘛……」

「吸管，這部分是進階了。這是可愛版的『怒』的表現方式。」小八的聲音從耳機傳來，「這個『怒』，精髓點在於『嬌嗔』。可以依情況不同而加入不同的變因，例如泛淚、『哼』或是嬌羞。總之，你就可愛地生個氣看看吧。」

薔薇看向我。

呃！好，要我生氣是吧。

我說道：「那個……如果不幫那個王國解開詛咒，我……我可能就會生氣了喔。」

薔薇愣了愣。

「哎呀——小貓咪！你們怎麼會這麼可愛呀！」薔薇衝過來揉了揉我的臉頰，說道：「但是不行！光是這樣我是不會解開詛咒的唷。」薔薇放開我的臉，朝我們三人露出微笑。

「吸管！注意了，接下來是小絕招，記得學起來！」小八突然說道。

雛菊湊到薔薇身邊，用食指戳了她的臉頰一下，配音道：「啾！」

我呆呆看著她。

她收回手指，用頑皮又害羞的表情由下往上看著薔薇，可愛地拚命眨眼睛。

讓被詛咒的王國解開詛咒的方法怎麼可能會是裝可愛

小八說道：「當氣氛很乾、雙方沒話說的時候，就可以使出這個無意義的裝可愛小絕招．『啾』。」

這……這！雖然真的很無意義，非常無意義，超級無意義，但是莫名的可愛啊！

「唉呀——雖然很無意義，但真是太可愛了。」薔薇笑道，「好吧，三隻小貓咪，看在你們這麼可愛的份上……我就解開詛咒吧。」

四周又暗了下來。

狼毫的旁白傳來：「前兩位魔女的詛咒解開了，還剩下三位。於是，三隻小貓繼續往西走，朝太陽落下的方向前進，直到遇見第三位魔女——太陽魔女。」

眼前的景象變成一條長長的金色大道，大道上方停了一輛金色馬車，而太陽魔女——向日葵，從馬車上走了下來。她身穿一襲活潑而閃閃發光的金色禮服，拿著一支金色太陽權杖。

「我聽說了！你們就是從東方來的三隻可愛小貓對吧？」向日葵說道，「你們是來幫被詛咒的王國解開詛咒的吧？嗯，要我解開詛咒也不是不行啦。」

「真、真的嗎？謝謝太陽魔女姊姊！」雛菊開心地說道，雙眼眨呀眨的。

「真……真的？」風鈴草雙眼睜大，雙頰泛紅，雙唇微啓：「謝、謝謝，我好開心……！」

「這是可愛版的『喜』的表現方式。」小八的聲音從耳機傳來，「重點在於要真誠地表露出高興，以及那透出些許害羞的神情。」

向日葵看向我。

呃！好，換我了是吧？

我扯開一個笑容，說道：「非、非常謝謝妳……呃，我很開心。」

「喔，看在你們這麼可愛的份上，我就解開詛咒吧！」向日葵爽快地說道。

周遭又暗了下來。

狼毫的旁白傳來：「前三位魔女的詛咒解開了，還剩下兩位。於是，三隻小貓繼續往西走，朝太陽落下的方向前進，直到遇見第四位魔女──夜魔女。」

眼前的景象變成一座黑色城堡，在黑夜裡，站著……九、九世？九世？！九世是夜魔女？

只見九世穿著一身王子般的漆黑華服，手裡還拿著一支黑色月形權杖。

九世看著我們。

我們看著九世。

沉默持續了十秒後，九世說道：「……你們來解開……詛咒？」

「嗚……」雛菊垂下眼，臉頰微紅，透出些許哀傷。「你、你不幫我們解開詛咒嗎？」

「嗚、嗚嗚嗚……對、對不起——」風鈴草泛淚，兩隻眼睛水汪汪的，「請、請幫我們解開詛咒——」

「這是可愛版的『哀』的表現方式。」小八的聲音從耳機傳來，「重點在於眼睛要往上看，露出無辜、無助的表情。」

嗯，好，總之要難過是吧？

我看向九世，說道：「你、你真的不幫我們解開詛咒嗎？我……我好難過——」

九世一愣。

然後他單膝跪下，低著頭說道：「我曾起誓不讓任何人傷害你或利用你，直到生命終結……但是，沒想到讓你難過的……是我自己。我——賽維德．九世．路德維希——願奉上生命，償還我造成的罪——」

「不！不不不！別衝動啊九世！別衝動啊九世！你別衝動啊啊啊！」我大驚，「這只是演戲，這只是演戲啦！我不難過，一點都不難過，我很開心，超級開心的喔喔！不要想不開啊啊啊——」

第十三章　今日限定三百杯的莓果公爵夫人已全數告罄

THOSE ALIENS TASTE NOT GOOD AT ALL

開導完九世之後，戲劇式實技演練才能繼續下去。現在只剩下最後一位魔女了……嗯，好，太棒了，這代表戲劇演練也快結束了。

狼毫的旁白傳來：「前四位魔女的詛咒解開了，只剩下最後一位。於是，三隻小貓繼續往西走，朝太陽落下的方向前進，直到遇見最後一位魔女——毒魔女。」

眼前出現了一座纏滿荊棘的深紫色高塔。

四周的景像離塔頂越來越近，最後，進入了高塔最上方房間。房間中央是一座深紫色荊棘寶座，一位身穿黑色軍服、手執黑色長鞭的——荊棘？！荊棘就是毒魔女？

「哎呀，你們就是想要替被詛咒的王國解開詛咒的三隻小貓嗎？」荊棘說道，「看樣子，沒有解開詛咒的魔女就只剩我一個人了……」

「但是，我是不可能解開詛咒的。」荊棘的眼神沉了下來，「你們幫助的王國，並不值得幫助。就讓我來告訴你們當時的真相吧——」

「我們五位魔女，原是守護那座王國的五大魔女。但是，為了讓王國更加豐饒，賺進更多金幣與寶石，女王開始進行一場變革。她將泉水變成焦油，花朵變成齒輪，樹木變成焚料，露草變成螺絲。她奪走了一塊又一塊的土地，染黑一條又一條的河流，直到整片天空覆滿濃厚的黑煙。」

「我們深知這樣下去，這座王國會把這美麗國度的其他地方都毀滅殆盡，於是警告女王，要她停手。但是，她不但不聽，反而還將我們逐出王國——於是，為了不讓這美麗的國度被那座王國毀滅，我們向王國施下了詛咒。我們讓所有意圖侵佔其他地方、離開王國的人都變成他們最喜歡的事物——那些齒輪、焦油、鐵屑、金屬板或螺絲釘。而這也成功阻止了病毒一般的汙染蔓延。」

「美麗的藍天變成煙塵滿布的灰色天空，歌唱的河水變成冒著氣泡的汙濁腐水，遍地青草成了焦油與煤灰，森林與花朵則成了佈滿鐵鏽的荒原——這些都不是我們的詛咒造成的，而是那座王國咎由自取。沒有人能救得了他們。唯有這麼做，才能阻止他們毀滅世界……」

「哈……哈啾！」風鈴草不小心打了個噴嚏。她驚嚇地睜大眼，泛淚說道：「呃！對、對不起……我、我不小心……做了劇本上沒有寫的……嗚……」

「風……」荊棘面色冷靜。

「呃?」風鈴草含淚的雙眼看向荊棘。

「風鈴草嗚喔喔喔喔喔喔喔喔喔喔喔喔喔喔喔喔喔喔——」荊棘撲向風鈴草,滿臉鼻血,「妳怎麼這麼可愛啊啊啊啊!」

「呀!」風鈴草驚叫,轉身想逃,卻被荊棘的長鞭捲住腳踝,撲倒在地。

「啊啊,我做的貓裝果然很合妳的身啊……」荊棘走向風鈴草,鼻血滴滴答答地沿路散落。

「嗚……嗚嗚!」風鈴草驚恐地睜大雙眼,「不……不要……」

「啊啊……這悅耳的叫聲,配上那身貓裝剛剛好啊。」荊棘勾起嘴角,鼻血嘩啦啦地流,「看看那對毛茸茸的黑色貓耳和貓尾,王國風格的貼身馬甲式剪裁,長短剛好、若隱若現的裙襬,精緻的直排扣,過膝襪露出絕對領域胸口那鎖骨的線條纖細的腰身修長的雙腿與手臂嬌小的身軀水汪汪的大眼微啟的雙唇顫抖的香肩害怕的神情眼角的淚珠……」

荊棘詭笑出聲,「呵……呵呵……呵呵呵哈哈哈哈哈哈哈哈哈哈哈哈哈哈哈哈!」

荊棘離風鈴草越來越近,鼻血也越噴越多,「這次月桂不在,沒有人能阻止我了啊!妳就乖乖……」

「哎呀呀……這不是荊棘嗎？好久不見了。」一陣優雅的嗓音響起。

荊棘渾身一僵，緩緩轉過頭。

滿面微笑的月桂站在她身後。

「月、月桂？！」荊棘說道，「妳……妳、妳妳妳不是有雜誌外拍，今天沒辦法來……」

月桂輕嘆了口氣，「沒辦法，想起有東西忘了寫。」

「啊……啊啊……是、是嗎……哈哈哈……那、那個……事情不是妳想的那樣……」

「啊啊，沒關係的。」月桂微笑，「畢竟，妳記性不好嘛。」

「哈……哈哈……就、就是啊……」

「所以，我趕回來就是為了這個呀。」月桂猛地捏住荊棘的臉，笑意更盛，「既然妳記不住……我就用寫的吧。」

月桂面帶微笑，眼底一片黑暗冰寒。

「深深寫進妳的靈魂裡……讓妳再也忘不掉。」

荊棘嘴角抽搐。

「……不……不……不要啊啊啊啊啊啊啊啊——」

★

因為戲劇式實技演練就在CUP★LID裡，於是在演練告一段落（荊棘被月桂拖走）、中場休息的時候，我立刻繞道去CUP★LID中樞。

沒錯，莓果公爵夫人！美麗的莓果公爵夫人！之前犒賞員工大會時，我與她失之交臂……甚至還讓她的鮮血灑了滿地！灑了兩次！不！不不不不！美麗的莓果公爵夫人啊啊啊啊啊——

總之，為了把莓果公爵夫人喝回來，為了要好好瞻仰莓果公爵夫人的尊容，這次我一定要喝到莓果公爵夫人！我直衝CUP★LID中樞的飲料部。

為求保險起見，我一次點了兩杯莓果公爵夫人。

當兩杯艷紅晶瑩的飲料送出窗口，看著杯子上逐漸凝結如水晶般的小水珠——哦！天啊！這是莓果公爵夫人禮服上的珍珠吧！

我感動地端起兩杯莓果公爵夫人，小心翼翼地走上回到戲劇式實技演練地點的路途。

如此尊貴的莓果公爵夫人，我可不能邊走邊喝……必須要坐下來好好享用，否則根本就是對莓果公爵夫人高雅氣質與尊貴地位的褻瀆。

今日限定三百杯的
莓果公爵夫人已全數告罄

哦！我終於能喝到莓果公爵夫人了！我終於能和美麗的莓果公爵夫人在月光下的晚宴上共舞了！那開滿艷紅花朵的月下庭園！

好不容易萬分小心地走回戲劇式實技演練地點，正要坐下來好好地和莓果公爵夫人在月光下幽會，卻突然發現不遠處地面躺著一樣東西。

嗯？那躺在地上的紙袋看起來真眼熟，長得好像我從牛奶那裡帶回來的、裝了一隻機械知更鳥、想藉此緩和小百合對機械生命的陰影、打算找個適當又不會刺激到小百合過去傷痛的時機送給小百合的那個用來包裝的紙袋。

不，等等……那、那確實就是那個紙袋！怎麼會掉出來的？不！萬一被小百合看到裡面的機械知更鳥，刺激到她過去的心理傷痛，不就等於用刀硬生生劃過她的傷疤嗎？不！不可以啊！這樣小百合就太可憐了啊啊啊！要趕快趁沒有人發現時……

「哦？這是什麼？」向日葵正好走過來，好奇地從地上撿起那個紙袋，唸出上方紙卡上的字：「小——百——合？」

「不！等等，那、那是我的……」

「嗯？你的？喔！小百合！這是吸管要給妳的！」向日葵高舉那個紙袋，開心地大喊。

「不！不不不！不是的啊！」

小百合皺著眉走了過來，接過紙袋，打開。

不！不不不不！不要啊啊啊！小百合不要看！妳、妳妳妳妳過去的傷痛啊啊啊！

小百合將袋子裡的機械生命——一隻機械知更鳥拿了出來。

不！不不不不不！不要啊啊啊！小百合不要碰！妳、妳妳妳妳妳過去的傷痛啊啊啊！

「……這是什麼？」小百合拿著機械知更鳥，瞪著我。

「呃……」我冷汗狂冒，「這……這是……呃，知……知更鳥。」

小百合看著我，臉色越來越難看，臉越漲越紅，突然喊道：「我才不要這種東西呢！」

她將機械知更鳥摔到地上。

啪嚓！

機械鳥其中一隻翅膀被摔斷，幾片金屬羽毛散落在地面。

小百合怒氣沖沖走了過來，怒道：「我就知道！荊棘當時一定跟你說了什麼！」

「不、不……沒、沒有，這、這是誤會……」我驚恐地看著她。

「有！一定有！」小百合怒。

「沒、沒有！真的沒有！」我瘋狂地搖頭。

「有！」小百合怒。

今日限定三百杯的莓果公爵夫人已全數告罄

「沒、沒有……」

「你還說沒有！」小百合大怒。

她咬牙切齒地喘了兩口氣，瞪著我超過十秒。

然後，猛地抄起我手中的兩杯莓果公爵夫人，轉身就走。

咦……咦！

不，等等，為什麼？

呃……好吧，等一下去CUP★LID中樞重點兩杯就好了。

CUP★LID廣播器傳出聲音：「CUP★LID飲料部報告——CUP★LID飲料部報告——今日限定三百杯的莓果公爵夫人已全數告罄——今日限定三百杯的莓果公爵夫人已全數告罄——感謝各位的參與與支持——若有時間請記得填寫心得問卷，以利後續市場調查——感謝各位的參與與支持——」

不……不！不不不不不！我美麗的莓果公爵夫人啊啊啊啊——

第十四章　北極熊先生，這裡的夏天果然很熱呢。

THOSE ALIENS TASTE NOT GOOD AT ALL

「吸管，準備好了嗎？」小八的聲音從耳機傳來，「牛奶準備要走出店外了。記得要裝成你只是碰巧來找他的樣子，別露餡了喔。」

「牛奶距離店門五公尺……四公尺……三公尺……啊，折回去拿錢包了……好，四公尺……三公尺……兩公尺……」兔毛的聲音從耳機傳來。

「一公尺——吸管，準備！」小八說道。

果然，牛奶拉開門。

而我也已經擺好準備拉開門的動作，還有一臉略帶驚訝的表情。

「吸、吸管？」牛奶嚇了一跳，呆呆看著我，「你……你怎麼會在這裡？」

在這裡埋伏等你出門然後假裝是巧遇再問你要去哪裡可不可以跟你一起去接著展開一場小八所謂提升好感度的約會……不，我當然不可能這麼回答。

「牛奶！我正好要來找你呢。」我露出微笑，「你要出門？」

「啊……是的。」牛奶看向掛在肩上的提袋，提袋裡探出一顆毛茸茸的灰色小腦袋。

「要帶螺絲釘他們去買項圈。」

隱形眼鏡傳來了選項：

①我可以陪你一起去嗎？這個世界最近不太平靜，如果發生了什麼事，我也可以就近保護你的安全。

②北鼻，如果不介意的話，可以讓我跟著你一起去，然後一路欣賞你藍寶石一般的美麗雙眸嗎？

③哎呀★畢竟人家是魔法少女★可以跟著你一起去，然後把你綁架回貝貝魯多星當我的新娘嗎？

……這些選項是不是越來越長了？話說……那個北鼻痞子怎麼又來了啊啊啊！好想扁他啊啊！最後一個又是怎麼回事？怎麼又是魔法少女啊！這選項有什麼意義嗎？貝貝魯多星是哪裡啊！

「吸管，選一。」小八下令。

哦，好，太棒了，幸好不是北鼻痞子或魔法少女。

「我可以陪你一起去嗎？」我看向牛奶，略帶擔憂地微微皺起眉，「這個世界最近不太平靜，如果發生了什麼事，我也可以就近保護你的安全。」

「吸管……」牛奶看著我，冰藍雙眼寫滿了感動。

「好感度提升了五，目前好感度六十八。」小八說道。「加油啊，這次任務的目標進度是八十喔。」

哦！太棒了！沒想到這麼有效。

「你要去哪裡買項圈？」和牛奶走在街上，我問道，「這裡的商店街？」

牛奶搖搖頭，「那裡沒有寵物店。我要去……西B區的商店街。」

牛奶的發條城堡在北區的西方，和西區的商店街距離並沒有很遠。

沒過多久，我們就到了西B區商店街——傳說中的對話框商店街。果然不負它的盛名，這裡整條街的店鋪招牌都是對話框，店名也都取得非常詭異。

牛奶要去的寵物店入口做成一顆超巨大的可愛貓頭，張開的貓嘴巴就是門。在黃底橘斑的貓頭上方有著做成對話框形狀的白色招牌，上面寫著店名——「犬先生今日吃過了嗎？」」。

寵物店隔壁有一間小狗造型的獸醫，對話框招牌上寫著「貓小姐今天還沒打針呢。」」。

北極熊先生，這裡的夏天果然很熱呢。

走進「犬先生今日吃過了嗎？」，牛奶開始替這三隻小貓選項圈。看著那滿滿一架子琳瑯滿目的項圈款式，我不禁想著是不是也該給貓形的夜空買一條。呃……這樣她從貓形變回人形的時候會不會被項圈勒死啊？於是我放棄，乖乖站在一邊看牛奶買項圈。

「吸管，你們離開寵物店之後，到旁邊那間冰淇淋店去。」小八說道，「那裡是接下來好感度提升的主要場所，試著在冰淇淋店將好感提升到今天的目標進度。」

冰淇淋店？嗯，好，感覺牛奶應該會喜歡冰淇淋。

和牛奶走出了「犬先生今日吃過了嗎？」，我就四處尋找冰淇淋店的蹤影，果然在對街斜對角看見了一間冰淇淋店——

「北……北極熊先生，這裡的夏天果然很熱呢。」我不禁說道。

「咦？呃……是、是啊。」牛奶回答。

「呃？不，不是，是那間店的店名。」我指向那間冰淇淋店。冰淇淋店的店門做成企鵝造型，上方的對話框寫著「北極熊先生，這裡的夏天果然很熱呢。」。

冰淇淋店左邊還有一間看起來很清涼可口的北極熊造型飲料店，上方的對話框是「企鵝兄弟，一起喝一杯吧！」。冰淇淋店右邊則是一間浣熊造型的咖啡廳，對話框招牌寫著「阿鵝，你的咖啡還是老樣子不加糖吧？」。

搞什麼？這裡的店是不是感情都很好啊？似乎一整條街的店名照順序唸下來，都可以直接寫成故事了！這中間還會交雜著可愛動物們的愛恨情仇和三角關係什麼的。

「吸管，發什麼愣？還不快邀他去『北極熊先生，這裡的夏天果然很熱呢。』！」小八說道。

我趕緊說道：「牛奶，要不要一起去那間店吃冰淇淋？聽說那間店的冰淇淋很好吃。」

牛奶愣了愣，「但……你不是說最近不太平靜……」

啊！對！那是剛剛的選項……

就在我打算找藉口時，隱形眼鏡已經先傳來了選項：

①哎呀★畢竟人家是魔法少女★只要有人家陪著，就算去吃巨型宇宙藍章魚也很安全的唷！

②北鼻，天涯海角我都會保護你的安全。

③沒關係，我會保護你的。

天、天啊！魔法少女又出現了！CUP★LID主機到底怎麼了！該不會是最近迷上魔法少女小萵苣的動畫吧！巨型宇宙藍章魚又是什麼鬼啊！它真的認為我會選那個選項嗎！如果我真選了該怎麼辦啊！這樣對話最好是能進行下去啦！至於第二項，我只能說……去死吧，北鼻。北鼻你媽啊！拜託去死吧！第一個是魔法少女，第二個是北鼻痞子，這不是硬逼人選第三項嗎！

抗議！換一台主機啊！這台主機明顯偷懶！而且偷懶得很沒創意！

「吸管，選三。」小八下令。

果然！果然是三！

我還聽到她小聲喃喃：「嘖，那傢伙最近一定迷上了魔法少女小萵苣……下次得叫他把程式碼改回來。」

誰！到底是誰！太可惡了，如果司令部一時興起，真的要我選①怎麼辦！你難道要負起世界末日的責任嗎啊啊啊！啊，該不會是之前犒賞員工大會事前會議時，一直堅持要選魔法少女小萵苣 COSPLAY 服裝的那個美少女面具橘髮吧？就是你吧！橘髮！肯定是你！

「又在發什麼愣？快說啊。」小八不耐地說道。

我這才回神，看著牛奶說道：「沒關係，我會保護你的。」

牛奶一愣，雙眼寫滿感動，說道：「好……好的，謝謝你，吸管。」

「好感度七十一，提升了三。」小八說道。

走進可愛版巨大企鵝的嘴裡，冰淇淋店的櫃台前，我看了看櫃台上面的冰淇淋種類。

嗯……哪個好？繽紛草莓歡樂聖代？彩虹水果幻想聖代？超甜巧克力蜜糖聖代？藍莓優格典雅聖代？可可薄荷童話聖代？

「呃……可可薄荷……不！繽紛草莓歡樂聖代好了。」我點餐。

「一份繽紛草莓歡樂聖代。」櫃檯穿著企鵝圍裙的店員向麥克風說道。

我看向牛奶，問道：「你呢？你要吃什麼口味？」

牛奶一愣，很認真地皺眉想了想，然後說：「呃……起、起司……？」

……為什麼是問句？不，不對，有起司口味的冰淇淋嗎？有這種東西嗎？感覺頗詭異。

「不、不好意思，我們這裡沒有起司口味的冰淇淋。」企鵝圍裙店員說道。

牛奶愣了愣，看向提袋裡扭動的小貓，皺眉認真想了想，然後說道：「那……黃……黃金鮪魚？」

我和店員都一呆。

幹！這什麼口味啊？世界上真有這種口味的冰淇淋嗎？黃金鮪魚口味的冰淇淋？好噁啊！會有腥味吧啊啊啊！超噁的啊！甜甜的冰淇淋裡面會有魚肉渣啊！有魚腥味的甜冰淇

淋啊！不要啊啊啊！這樣即使夠甜我也不敢吃啊！

「你……你以前吃過冰淇淋嗎？」我看著牛奶。

牛奶遲疑著搖了搖頭。

「那……不然，我幫你點？」我說道。

「可、可以嗎？」牛奶看起來鬆了一口氣，說道：「謝、謝謝……」

嗯，好吧……該替牛奶點什麼口味才好？特濃牛奶聖代？

「吸管！」小八突然說道，「點特濃牛奶甜筒。」

嗯？甜筒？哦，也不是不行。不過為什麼？這家店是聖代比較有名吧？大部分的客人都點聖代。

「那就……一支特濃牛奶甜筒。」我說道。

「一份特濃牛奶甜筒。」企鵝圍裙店員朝麥克風說。

取完冰，我和牛奶找了靠近門邊的位置坐下。

牛奶好奇地看著手中的甜筒，似乎是在研究該怎麼吃。

「用湯匙挖來吃就好了。」我說道。

於是牛奶拿起湯匙，伸手一挖——

啪搭！

那坨冰淇淋飛到我臉上。

牛奶大驚，看了看空空的湯匙，再看向我臉上那一坨特濃牛奶冰淇淋。

「對、對不起！」牛奶慌張地道歉，雙眼泛淚，「我、我不是故意的……抱、抱歉……」

「呃……不，沒關係沒關係，別緊張！」我趕緊說道。怎麼會有人挖冰挖到飛出去的？那是暗器吧？

「對、對不起……我……我來幫你舔掉好嗎？」牛奶說道。

「啊？」我呆。

整間店從店員到客人全都看向我們這桌。

「牛奶啊啊啊啊啊啊啊啊啊啊啊啊——」小八的慘嚎。

「快舔吧啊啊啊啊啊啊——」鵝絨的嘶吼。

「不、不用舔嗎？」牛奶緊張地問，「但……清理乾淨……」

清理乾淨……對了！之前那個幫他舔掉的選項，我亂掰成是幫他「清理乾淨」的意思……原來他真的相信了啊！難怪！他現在真的以為舔掉代表清理乾淨了啦！有沒有這麼好騙的啊！

北極熊先生，這裡的夏天果然很熱呢。

「不！沒關係，我自己去清乾淨就行了。」我趕緊起身，「那個冰淇淋……你就直接吃吧，不用湯匙沒關係。」我用餐巾紙按住臉上已經開始融化的特濃牛奶冰淇淋，走向廁所，順便逃離整間店詭異的目光。

洗完臉，剛走出廁所，就看見一票人走進這間「北極熊先生，這裡的夏天果然很熱呢。」，帶頭的那個還十分眼熟。那個髮型……那、那不是之前在學餐和番茄汁打起來的前番長鱷魚飛機頭嗎？

糟、糟糕，有這種危險人物在，還是換一間店比較好。

正想和小八提議，我卻注意到牛奶突然往旁邊一看——應該是看到提袋裡的小貓在玩鬧翻滾吧——這倒不打緊，要緊的是他轉頭時，拿著甜筒的手也往反方向一晃——整球特濃鮮奶冰淇淋噗嘰一聲黏在正好走進來的鱷魚飛機頭胸口。

當牛奶回過頭時一愣，看著手中只剩錐形餅乾的甜筒，表情困惑，看似在思考冰淇淋不見的原因。

「你……你這傢伙！看你對老大的衣服做了什麼好事！」後方一名藍色飛機頭怒喊。

「天、天啊！這是老大最喜歡的一件彩虹小鱷限定版T恤耶！看、看看看看你怎麼賠啊！」另一名橘色飛機頭也緊張地大喊。

「你……你這傢伙……」鱷魚飛機頭揪住牛奶的領口，將他從座位上舉起，咬牙切齒道：「想死嗎？」

整間店的人都開始緊張起來，有些人抓起包包就直接走出店外，冰也不吃了。

「抱、抱歉！我不是故意的……」被提在空中的牛奶慌張地說道。

「這是限定版的……」鱷魚飛機頭咬牙，舉起拳頭，「已經絕版了啊啊！」一拳重重揍進牛奶肚腹。

「嗚……！」牛奶被扔到地上，痛得縮成一團。

這、這是怎麼回事！鱷魚飛機頭你做什麼！你怎麼可以這樣欺負牛奶？你想害世界毀滅嗎？天啊啊！

鱷魚飛機頭從地面抓起牛奶，又是一拳揍向牛奶肚腹。「你說……你要怎麼賠啊！」緊接著往腰側又是一拳。

「咳、咳咳……」牛奶痛得乾嘔，雙手縮在胸口。

不！牛、牛奶啊！鱷魚飛機頭你怎麼可以這樣！牛奶快放電啊！電昏他啊！快電昏他！

鱷魚飛機頭將牛奶摔在地上，一腳踩住牛奶胸口，拿出蝴蝶刀甩了甩，瞇眼說道：「乾脆，就拿你的臉皮來做我的新T恤好了……這也是世界僅此一件的限定版啊。」

牛奶雙手緊握成拳，表情痛苦。

牛奶！放電啊！電翻他！把他電成鱷魚屑屑算了啊！

鱷魚飛機頭蹲下身，手中的蝴蝶刀逼近牛奶。

四周還沒離開的客人全都尖叫起來，往店外衝。

牛奶雙眼緊閉。

你……你這傢伙不要太過分了啊！鱷魚飛機頭啊啊啊！你這欺負人的混帳！看我他媽的把你吸成鹹魚乾啦啊啊啊！

我立刻衝上前去，抓住鱷魚飛機頭拿著蝴蝶刀的手。

「吸管，等等。」小八突然說道。

「等什麼等，他要殺人啦！」我怒道。

「啊啊？你這傢伙又是什麼人？」鱷魚飛機頭雙眼瞇起，狠狠瞪著我。

「冷靜點，牛奶是異行者，他殺不死牛奶。」小八說道，「有選項。」

隱形眼鏡傳來了選項：

①哎呀★人家是魔法少女，用愛與飲料拯救世界的魔法飲料戰士★粉紅吸管唷！我要代替砂糖懲罰你★

②北鼻，他是我的人，誰准你碰他的了！

③（揮舞魔法杖）布溜布溜★沙包、醬菜和泥鰍，磚頭、鹹魚和豬油★不乖的孩子，飛出去吧！

這、這這這……搞什麼鬼！兩個魔法少女和一個北鼻痞子？！天啊！這該怎麼選啊！等、等等……最後一個有點眼熟。不對！這不是小雛菊的咒語嗎！而且前面那個括號是怎麼回事！哪來的魔法杖啊！

「吸管，選三。」小八說道。

什、什麼！三！到底哪來的魔法杖啦！

見我沒動作，小八怒道：「用你的槍啊！」

我的槍？幹！什麼！那把小不啦嘰的粉紅能量槍嗎！可、可惡……好吧，男子漢大丈夫，做就做誰怕誰！

抄出口袋裡的的小不啦嘰粉紅能量槍，一按旁邊的星形按鈕，一陣粉紅光芒閃現。光芒褪去後，我手中是一支可愛的粉紅魔法杖。

我揮著魔法杖，說道：「布……布溜布溜★沙包、醬菜和泥鰍，磚頭、鹹魚和豬油★不乖的孩子，飛出去吧！」

鱷魚飛機頭一愣，抖著唇囁嚅：「熊……熊熊先生……」他臉色越來越蒼白，手中的蝴蝶刀摔到地上，猛地一翻白眼口吐白沫昏了過去。

……呃？這是怎麼回事？

「不！你這邪惡的傢伙！」旁邊的藍色飛機頭尖叫，「你、你怎麼知道老大的心理陰影！他、他最怕淺黃色小女孩、魔法少女、醬菜魔法和熊熊先生了啊啊啊！」

……這聽起來怎麼似乎有那麼點耳熟？像小雛菊之類的。

「可、可惡……老大啊啊啊！」綠色飛機頭趕緊扛起地面上口吐白沫的鱷魚飛機頭，含淚吶喊：「原本今天只是來吃你最喜歡的粉紅小企鵝CUTE★甜蜜聖代，慶祝你出院的啊啊！」

「你們給我記住住住住……」一群色彩繽紛的飛機頭扛著鱷魚飛機頭衝出冰淇淋店，消失在地平線上。

第十五章　傲嬌這種東西並不是在全宇宙都找得到

THOSE ALIENS TASTE NOT GOOD AT ALL

「牛奶！你沒事吧？」我立刻蹲下身，檢查牛奶的傷勢。

「沒……沒事……」他撐起身，看起來受到了很大的驚嚇。看樣子是沒什麼傷……但就算如此痛還是一樣痛啊！

「你怎麼了？是不是沒電了？那種人渣應該要直接電飛的啊！」我怒道。那個鱷魚飛機頭真是個混帳！混帳東西！大混帳！

牛奶一愣，扯開一抹笑容，說道：「不，那、那麼做的話……會傷害到其他人。一旦那麼做了……連、連我都無法控制自己的能力。」

「都……都什麼時候了你還在顧慮其他人！」我喊道，「那你呢？你自己就沒關係嗎！」

「我沒關係。」牛奶一雙藍眼眸看著我。

我一愣。

牛奶掀起衣服，露出底下的皮膚——在他的肚腹、腰側上，滿是傷痕、縫痕、類似編號的實驗體烙印，以及曾被切開的痕跡。

「我的身體承受得起這些。」牛奶說道，「但是，一旦我失去控制……其他人承受不起。」

牛奶垂下眼眸。「我會讓那些我不想傷害的人……也受到傷害。」

我怔忡看著他身上的傷痕。

牛奶將衣服放下，準備從地面站起。

「——不，不是這麼回事的吧。」我說道，「難道……只因為你承受得起，就必須由你去承受嗎？難道……難道……難道就只能讓你一直被傷害嗎？不是這麼回事的吧！」

牛奶愣愣看著我。「吸管……」

「這些……這些不該由你一個人去承受。沒有人是應該受到傷害的，更沒有人注定得去承受……」我咬牙，「再怎麼說，也不是由你……而是應該由那些傷害你的混帳傢伙去承受自己犯下的罪！」

牛奶呆愣片刻，才露出笑容，眼中閃動著水光。「謝謝你，吸管……」

「吸管，好感度在剛剛那些情況之下飆升了十一，現在已經八十二了。」小八的聲音從耳機傳來。

「謝謝你為我做了這麼多……」牛奶一雙藍眼睛看著我。

此時，隱形眼鏡傳來了選項。

①北鼻，別這麼說，因為你是我最親愛的小北鼻啊。

②別以為我是為了你才這麼做的，我、我可一點都不喜歡你。（羞）

③哎呀★人家是魔法少女，代替砂糖拯救你★也是理所當然的唷！

「吸管，選二。」小八說道。

二……等等，那個是傲嬌嗎？傳說中的傲嬌選項？呃……好吧。

我撇頭，儘量露出有點害羞的表情，說道：「別……別以為我是為了你才這麼做的，我、我可一點都不喜歡你。」

牛奶一愣。

然後，他的藍眼睛蓄滿淚水，一顆顆晶瑩的淚珠滴滴答答落了下來。他扯開一個堅強的微笑，說道：「抱……抱歉……我、我知道了……對、對不起……」

咦……

傲嬌這種東西並不是在全宇宙都找得到

咦咦咦咦咦咦咦咦咦咦咦咦咦咦咦咦咦咦咦咦咦？！哭、哭哭哭哭了？！這、這這這這是怎樣？

「糟，好感度下降成七十六了！」狐裘喊道。

「哇靠，他們那個世界肯定沒有傲嬌吧！」兔毛驚喊。

「竟、竟然不懂傲嬌的精髓……」鵝絨惋惜地咬牙。

「他是不是別人說什麼就信什麼，完全只聽字面上的意思啊？」虎皮大姐喊道，「太、太誇張了吧……」

「嗚啊！總、總司令呆掉了！」兔毛驚呼，「糟糕，快，吸管，快補救啊！」

啥？！

我只好趕緊按住牛奶的肩膀，說道：「對、對不起，因為剛剛我太害羞了，所以才會說出那些話……」呃，好，接下來該怎麼辦？好吧！總之就把選項的台詞給他完全相反好了啦！

我垂下眼，一會兒才抬眼看向牛奶，說道：「我想說的是……我的確是為了你才這麼做的。我、我……我真的非常喜歡你唷！」

牛奶一呆，白皙的臉頰微紅，雙眼閃著感動的光輝，「吸、吸管……」

「喔、喔喔喔！好感度竄升！升回八十二……不，八十三了！」兔毛驚喊。

幹！真的說什麼就信什麼啊！這、這傢伙未免也太好騙了吧？走在路上會被怪叔叔拐走的啊！

「已經達到此次目標的好感度八十，我們見好就收……」狼毫說道，「吸管，扶他起來之後就可以回去了。」

我站起身，朝牛奶伸出手：「牛奶，我扶你起來吧。」

「謝謝……」牛奶抓住我的手，正要起身——

「喵！」焦油從提袋裡跳了出來，黑色的小身軀跳到了桌面上，撲向我那碗還沒吃就已經化成一灘水的繽紛草莓歡樂聖代。

砰咚！

小黑貓沒撲穩，那碗聖代直直摔落，摔到牛奶身上，融化的聖代濺了他一身。

「喵！喵嗚！」看見聖代，螺絲釘和齒輪也從提袋裡衝出來，衝向牛奶。

「不、不……等、等等！螺絲釘、齒輪……你、你們不要鑽進我的衣服裡……嗚！不……那、那裡不行……」

糟、糟糕！我得趕快幫他把貓從衣服裡抓出……

耳機突然傳來一陣巨響。

「總……總司令！妳的鼻血啊啊啊！」兔毛的慘叫。

砰咚！

「不、不不不不！總司令、總司令妳不要死啊啊啊啊啊啊——」

砰咚！

「鵝絨啊啊啊啊啊！妳、妳妳妳妳怎麼也死了啊啊啊啊啊啊啊啊啊啊——」

……今天的司令部怎麼又來了？

傲嬌這種東西並不是在全宇宙都找得到

★

叮咚——

星期天中午，我剛洗好衣服、曬完棉被，小八早就到司令部工作去了的時候，門鈴響了。我皺起眉。這種時候會是誰？該、該該該不會是番茄汁要把我的腦漿當番茄汁喝光……不，不可能，番茄汁又不知道我家地址。不！萬一他從七仔他們那裡套話呢？七仔肯定立刻把我的地址抄給他還幫他畫地圖的啊！

叮咚——

門鈴又響了。

我小心翼翼地走到大門前，遲疑片刻，才拉開門。

門外站著砂金。

砂金面色嚴肅地說道：「我想吃蛋包飯。」

我沉默片刻，回道：「這裡不是餐廳。」

「我知道。」砂金正色，「餐廳要錢，這裡不用錢。」

……幹。

「下次基礎物種學的小考我幫你複習。」砂金說道。

「……好吧，成交。」

可惡，砂金這傢伙無論哪一科都很隨便，就是基礎物種學讀得特別好。我則是每一科都普普通通，差不多都及格標準，就只有基礎物種學沒及格過幾次。

我拉開門站到一邊，讓砂金進來。

砂金走進來，我剛關上門，貓形的夜空從客廳沙發跳下來，走到門邊，一雙金眼盯著砂金。

傲嬌這種東西並不是在全宇宙都找得到

砂金一愣，挑眉道：「妳就是傳說中的夜空吧？我在大螢幕上有看過妳。」

貓形夜空的毛皮化為羽毛，羽毛蓬起，身軀拔高，羽毛縮回皮膚裡，變成身穿女僕裝的深藍短髮美少女。

砂金皺起眉，伸手拉了拉夜空的裙子，說道：「所以這些是妳的……毛皮，擬態成的？」

啪！

夜空賞了砂金一巴掌。

我呆住。

夜空面無表情地說道：「不好意思，你的臉上有蚊子……不，蒼蠅……不，獨角仙。」

等……等等，那些層遞關係是怎麼回事？那三個理由有差嗎？只是體型大小的差別吧？獨角仙……臉上有獨角仙也太猛了吧！而且有獨角仙不該打下去啊！這年頭獨角仙都快絕種了啊！

砂金愣了片刻，隨後勾唇笑道：「好力道。」

「呵呵呵，別這麼誇我，我會害羞。」夜空面無表情地說道，「這是感謝你平時對主人的調戲……不，騷擾……不，玩弄。」

……這三個又有什麼差別？

砂金攤手，勾唇一笑。「唉呀，過獎過獎，別這麼誇我，我會害羞。」

四十五分鐘後，我做完了三份蛋包飯。

其中一份給夜空，端著另外兩份走出廚房時，我問道：「你不可能只在這裡待到吃完飯就走吧？」

「不愧是小管，真了解我。在家裡只能看阿寶翻肚子的蠢睡相，無聊死了，陪我玩《格鬥魚人戰士IV》啦。」砂金說道。

「現在還有個異行者沒攻略完，地球處於莫大危機中啊，身為司令部的一員……你還玩遊戲？」我翻了個白眼。

「好感度都已經八十三了，放心啦。再約會一次就九十了。」砂金說道，「到時候美味的牛奶就任君享用啦。」

我用番茄醬在他的蛋包飯上擠了「混帳」兩字。

「好啦——陪我玩《格鬥魚人戰士IV》——蛋包飯，給我蛋包飯——」砂金坐在沙發上，頭往後仰看向我。

「好啦，煩死了。去我房間吧。」我端著兩盤蛋包飯開路——如果先把蛋包飯給砂金，

傲嬌這種東西並不是在全宇宙都找得到

他會邊走邊亂吃——上了樓梯，到達我房間。

打開房門，卻發現夜空已經吃完她的那份蛋包飯，維持羽龍的小動物樣貌趴在我床上。

「夜空，妳吃完了？真快啊。」我說道，將兩盤蛋包飯放到矮桌上，在地毯上坐了下來。

砂金也在我身旁坐了下來，立刻端起他的那份蛋包飯，準備開始吃。

吼姆。

夜空的嘴巴猛然變得超大，比她那羽龍的小身體大了超過五倍，一張嘴就把砂金盤裡的蛋包飯吞得一乾二淨。

羽龍的頭恢復成正常大小，嚥下蛋包飯，打了個嗝，看向一邊。

砂金看著清潔溜溜的盤子，再看向正在欣賞窗外風景的夜空。

「夜、夜空……那一份不夠妳吃嗎？」我問道，夜空卻也沒回答，甚至沒看我一眼。

我只好說道：「呃，好吧，那砂金……你先吃我的蛋包飯好了，反正我今天比較晚起，不久前才吃過早餐……而且我也不是非吃蛋包飯不可。」

我將我的那盤蛋包飯推到砂金面前。

砂金放下空盤，端起那盤蛋包飯。

吼姆。

夜空巨大化的嘴吞掉盤中的蛋包飯，打了個嗝，看向一邊。

砂金看著清潔溜溜的盤子，再看向正在欣賞窗外風景的夜空。

「啊啊……吃掉小管特地做給我的蛋包飯，很有膽識嘛……」砂金嘴角抽搐，周遭浮現黑色氣場。

「過獎過獎。」夜空變成人形，坐在床上擦了擦嘴，面無表情地說道：「舉手之勞罷了。」

「小管，我可以把她烤來吃嗎？」砂金問道。

「呃……」

「主人，晚餐我想吃炒金髮。」夜空面無表情地說道。「啊，但是吃了他可能會食物中毒。」

「呃……這個……」

「啊啊，我看……還是做個羽龍碎肉派吧。」

「油炸金髮也行。啊，但是吃了他可能會食物中毒。」

「……我再去做個十份蛋包飯過來。」

第十六章　據說有隻公沙皮犬叫瑪格莉特

砂金就這樣在這裡待到晚上，晚餐時間我又煮了二十份蛋包飯。

怪的是，晚餐時間過了，替小八留起來的蛋包飯也涼了，小八卻還沒回來。這是怎麼回事？今天要加班嗎？還想說現在攻略牛奶的事已經上軌道了，應該不會那麼忙……真是，要加班也不打個電話，晚餐都幫她做好了。

嗶鈴嗶鈴——嗶鈴嗶鈴——

我的手機響了。拿起來一看，來電顯示是小八。

「小八？妳怎麼要加班也不講一聲……對了，砂金現在在我們家，妳的蛋包飯也早就煮好了。」

「吸管。」小八的嗓音異常嚴肅，「立刻來司令部一趟。叫砂金、夜空也過來。」

夜……夜空？夜空也要過去？這是什麼狀況？該不會是因為她和砂金演變成死對頭，CUP★LID想以懲戒的名目把她抓去研究吧？

「牛奶的事。五分鐘內趕過來。」小八掛斷電話。

牛、牛奶？！這是怎麼回事？牛奶又暴走了嗎？不……但是這跟夜空有什麼關係？不！等等！五、五分鐘？！

我立刻衝上樓，推開房門對砂金道：「快！砂金！小八要我們五分鐘內趕到司令部！」

砂金戴著耳機，操控遊戲搖桿讓螢幕上一隻壯碩的水母魚人攻打鯊魚人魔王。

我抄起他的耳機，「砂金！」

「啥？在你四十六連敗之後終於重振士氣打算反敗為勝了嗎？」砂金看向我，手中的搖桿還沒停。

「小八要我們五分鐘內趕到司令部啦！」

「啊？！」砂金一愣，「這、這是怎麼回事？」他立刻點了三個按鈕施展了連續技，鯊魚人魔王頭上出現暈眩記號。

「……」我重重巴了他的腦袋一下。

「好啦好啦，我現在就準備。」他扔出一顆魚雷炸彈，鯊魚人魔王的血量只剩一三二。「準備把鯊魚轟成渣——」

啪嚓！

據說有隻公沙皮犬叫瑪格莉特

我拔掉遊戲機的電源，螢幕一片漆黑。

「啊啊啊！死鯊的血量只剩一三二耶！」砂金哀嚎。

我轉頭看向床上羽龍樣貌的夜空，說道：「夜空……小八說要我也帶妳去。」

「啥？那隻毛怪也要去？」砂金看向我，「別開玩笑了，毛怪在 CUP ★ LID 能幹嘛？只能當鋪在地上的毛皮踏墊吧。」

「主人，去了之後我可以吃掉他嗎？」夜空化為人形，身上還是那套女僕裝。「啊，但是吃了他可能會食物中毒。」

「妳這毛怪看起來才是有毒的那個。」

「廚餘。」

「尼古丁。」

「三聚氰胺。」

「丙烯。」

「麥丹勞。」

不……等等，最後那個有點怪吧？夜空妳對麥丹勞有什麼意見？

「算了，你們繼續吵到世界末日吧，我先過去了。」換好衣服，我直接走出房門。

「看吧，妳這毛怪害小管生氣了。」砂金起身走向房門。

「才怪，是臭金髮害主人生氣的。」夜空也面無表情地走向房門。

「毛蟲。」

「毒蠅傘。」

「古柯鹼。」

「河豚。」

「藍環章魚。」

抵達CUP★LID司令部之前，後方一直傳來接龍般的毒物字眼。

「五分四十三秒。」小八說道。

「不是我的錯。這次真的不是我的錯。」我說道。

「不是主人的錯，是臭金髮的錯。」夜空說道。

「是毛怪在拖時間。」砂金說道。

「果蠅。」

「菜蟲。」

「啃的雞。」

……夜空妳真的對速食店有意見吧。

「牛奶失蹤了。」小八說道。

「嗯……什、什麼？！」我大驚。

「一個小時前，晚上七點二十三分，監控組查覺到異狀。」小八比向大螢幕。

大螢幕上，是牛奶發條城堡的俯瞰影像和側面影像。在夜視模式下，只見一群戴著防毒面具的黑衣人在夜色中向發條城堡潛行。

防毒面具！又是那群防毒面具嗎！

「在監控組準備要通報時——」小八說道，「監控影像變成了這樣。」

沙——滋沙——

大螢幕模糊一片，變成接收不到訊號的那種閃動畫面。

「那……那是怎麼回事？」我愣了愣。

「訊號被干擾了。」小八說道。

「我看得出來！我是說……這、這怎麼可能？這可是CUP★LID……」

「無論可不可能，這確實發生了。」小八說道。

「那、那……那牛奶呢？」

「訊號恢復後，牛奶已經不在發條城堡，他是在訊號被干擾的那段時間消失的。」

「這……這是怎麼回事！誰、誰會去綁架一個異行者啊？根本不可能……」

「目前還不能確定是綁架。牛奶也有可能是自願跟著他們走的。」小八說道。

我一愣。

「總之，這事件比我們之前想得都還嚴重——」小八頓了頓，「能干擾防禦指數相當於聯邦防禦部標準的CUP★LID防火牆——幕後操盤的組織，擁有的能力、人力、財力與設備足以組成一支軍隊。」

「目前已把警戒級別調到最高，防火牆密碼串一秒更新十三次，刑事部則在追查當時干擾訊號的來源與暗紅能量核的出處。」

「而現在最要緊的——是找到牛奶。」小八看向夜空，「妳可以從數公里外找出九世的位置，對吧？」

「那隻泥蟲現在在三扇門外等主人出去。」夜空說道。

嗯？真的假的？九世在三扇門外等我？

「正解。」小八說道，按了司令桌面一顆按鈕，司令部側門啟動背景反射模板，接連三扇門都透明化，能看見九世果然站在第三扇門前，還有經過的CUP★LID女性員工在

據說有隻公沙皮犬叫瑪格莉特

向他搭訕。

「如果對象換成其他人，妳能找得出來嗎？」小八又按了按鈕一次，金屬門背景反射模板解除，恢復成不透明。

夜空皺起眉，「有氣味的話就行。」

「這個東西的主人現在在哪裡？」小八拿出一條粉紅色蕾絲邊手帕。

「十七個巨足怪腳印的距離外，一間男廁裡。中年人類男性，體脂偏高，狐臭，家裡養了一隻雄性沙皮犬。」夜空說道。

……啥？

「正解。」小八扔開手中的粉紅色蕾絲邊手帕。「順帶一提，他家裡那隻沙皮犬名為瑪格莉特。」

等……等等，那個粉紅色蕾絲邊手帕的主人是男的？中年男性？家裡還養了一隻叫瑪格莉特的公沙皮犬？

「替吸管準備好備用的隱形眼鏡和無線耳機，還有手錶型導流急救器和絕緣護服。手錶和護服現在就讓他穿上一套。」小八說道。

鵝絨立刻拿了兩個盒子過來，還有一個背包。

「手伸出來。」鵝絨說道。

我伸出手，她將一支電子手錶戴上我的左手腕。

「這能緊急導出電流，也能視心跳與血壓、血氧等身體狀況，自動注射急救針劑恢復心跳頻率或加強凝血功能。」鵝絨說道，「還有這個，貼在身上或衣服上都可以。它會在你皮膚表層形成透明絕緣力場，大約可以抵抗牛奶暴走時的電流三秒。」

鵝絨將金屬核片交給我，我將它貼在胸口，金屬核片立刻透明化，變成和衣服一樣的顏色。

「背包裡有三副備用的隱形眼鏡和無線耳機，還有兩副手錶型導流急救器和絕緣護服。」鵝絨將背包交給我。

我背上背包。

「即使已經將警戒等級調到最高……」小八皺起眉，「還是無法斷定他們不會再干擾訊號。吸管，發生了什麼緊急情況就用你耳機上的緊急按鈕，知道吧？」

我點點頭。

「現在……夜空。」小八拿出一小片金屬，「妳找得出這個的製作者嗎？」

我定睛一看，發現那是羽毛形狀的金屬片。看起來有點像我原本要等比較不會勾起小百合傷心往事的時機送給小百合緩解她對機械生命的陰影結果卻被小百合摔碎的那隻牛奶製作的知更鳥……的羽毛。

夜空閉起眼。睜開眼時，她的金眼裡閃現一絲光芒，身上的女僕裝變回深藍羽毛，接著變成另一套衣服——

她臉上出現一副墨鏡，身上的女僕裝變成非常有駭客或間諜感的女僕裝，腳上穿著一雙黑色長靴。

「行動代號：夜空1284，」夜空手中出現了一把類似手槍的黑色擬態物品，「我們去出任務吧！主人。」

現場一片靜默。

砂金指著夜空看向我。

「……她前陣子很迷電視上重播的《駭客帝國：終極任務》。」我說。

★

跟著駭客女僕在夜色裡衝來衝去，奔波了將盡三小時後，我和夜空抵達了南區的黑蝕平原。

這裡的土地幾乎寸草不生，只有一些低矮乾枯的樹木，還有堆砌如峭壁的黑色亂石，黑色土壤佈滿孔洞與黏稠的水灘。

在陰鬱的月光下，黑蝕平原顯得更加詭異陰濕。

「在這附近。」夜空說道，摘下墨鏡，瞇起一雙金色眼眸。

「真、真的假的？他們來這種鬼地方做什麼？」我皺起眉，非常不喜歡這個地方的氣氛，還有腳不小心踩入孔洞、黏稠水坑時的噁心感。

「主人，你在質疑我的鼻子嗎？」夜空面無表情地戴回墨鏡，「不然你來聞好了。」

「不，不不不，我當然沒有在質疑妳的鼻子，請繼續。」我趕緊說道。

夜空指向左方，說道：「在那個黑色石山後面，十一個巨足怪腳印的距離外。」

「吸管！找到了。」小八的聲音從耳機傳來，「的確在夜空說的那個位置……黑色石山後面，大約一百二十公尺處。接下來你就自己過去吧，我會讓夜空先回去。」

夜空摸著耳機一會兒，應該是小八在和她說話。

最後，夜空說道：「喔。好吧。」她看向我，面無表情地說道：「主人，快點回來。我晚餐要吃《駭客帝國》裡的營養燕麥糊。」

「行動代號：夜空1284，任務完成。」夜空轉身，三兩下就不見蹤影。

《駭客帝國》裡的營養燕麥糊……？那、那好吃嗎？印象中那看起來很難吃，電影裡的角色也覺得那很難吃，妳竟然還會想吃那種看起來像一坨爛泥的東西……嗯，算了，如果是用燕麥和蜂蜜牛奶煮出來的燕麥糊應該不錯，只要加一點可可粉就能變成電影裡那種燕麥糊的顏色了。

「好了，吸管，往黑色石山後面前進。」小八說道。

我走向黑色石山，不小心踩進了三灘黏稠水坑裡，褲管沾滿了黑色爛泥。繞過黑色石山，我果然看見牛奶正往不遠處走去。

「牛奶！」我喊道，跑上前去。

牛奶嚇了一跳，停下腳步，回過頭。

「牛、牛奶，你沒事吧？」好不容易跑到牛奶面前，我氣喘吁吁地說道。「在發條城堡找不到你……」

「吸、吸管？」牛奶愣愣看著我，隨後，盈滿水光的藍色眼眸透出慌亂與無助，「齒輪、螺絲釘和焦油……被、被他們帶走了……」

「什麼？！」雖然猜到是這樣，但我仍露出驚訝表情，「帶……帶到哪裡？」

「我原本在店裡製作一隻機械松鼠，後來卻突然……突然……等我醒來之後，他們已經被帶走了。」牛奶嗓音急促，「我、我用項圈上的發信功能找到這裡，但是……但是到這裡之後，信號就消失了……萬、萬一他們發生了什麼事……」

此時，隱形眼鏡傳來了選項。

①牛奶，別難過……讓我來陪你一起找吧！

②現在最重要的，是找到他們吧？所以，沒時間難過了，我陪你一起找吧。

③耶嘿★雖然我是個迷糊小魔女，但區區找貓的魔法還難不倒我唷❤

天啊！天啊天啊天啊！終於沒有魔法少女了！終於沒有北鼻痞子了！我感動得眼淚幾乎奪眶而出。但是……那個迷糊小魔女又是怎麼回事？該不會以後每次都會出現吧？

「吸管，選二。」小八說道。

「現在最重要的，是找到他們吧？」我認真地看著牛奶的藍色眼眸，「所以，沒時間難過了……我陪你一起找吧。」

「吸管……」牛奶看著我，眼中的慌亂稍微緩和了些，「謝、謝謝你……」

「而且，螺絲釘他們很厲害的……說不定已經自己逃出來了呢。」我安慰道。

「真、真的嗎？」牛奶眼中出現一絲希望光輝。

「……真的。」我也只能這麼說，一邊在心裡祈禱那三隻小貓真的平安無事。

但胡亂走了沒多久，我卻深深被自己剛剛的保證痛擊了一記。

在我面前的地上，腐爛的黑色泥坑裡，躺著一條露出一半的項圈。我愣在原地，我知道現在該怎麼辦。這應該是牛奶買給小貓的其中一條項圈。不不不，那些小貓應該沒事的，只是項圈不小心掉了……

「吸管？怎麼……」牛奶走了過來，看見泥坑裡的項圈時，一愣。「這、這是……」

他撿起那條項圈。

項圈上沾滿了黑色爛泥，能看見上方有被剪斷的痕跡。

「不、不……齒輪……螺、螺絲釘……焦油……」牛奶嗓音顫抖，眼眶盈滿淚水。

「牛奶……他們、他們不會傷害螺絲釘他們的！只是為了除掉發信器，才會把項圈拿掉……如果他們想傷害螺絲釘，就不會這樣大費周章把他們抓走了。」我也被自己說的話說服，重新燃起信心，「沒錯，螺絲釘他們一定還在某個地方等著我們去救！所以……」

轟隆轟隆。

據說有隻公沙皮犬叫瑪格莉特

地面一陣震動。

……呃？

轟隆！

地面龜裂，猛地向下塌陷。

第十七章 手不該這麼容易斷掉的啦★

痛……痛痛痛痛痛痛痛痛痛痛痛痛痛……這到底是怎麼回事？我強撐著睜開眼，發現上方是一塊不規則形的天空……嗯？不規則形的天空？

我睜大眼，跳起身，痛得全身都像被大象踩過。環顧了四周一圈，向上看，我才發現自己竟然掉到了一個地面下十公尺左右的洞窟裡。

黑色爛泥從上方的洞窟邊緣滴滴答答地流了下來。

天啊！這是怎麼回事？剛剛地面……是突然塌陷了嗎？我們就這樣掉進一座地底洞窟裡了？

這種驚悚電影般的情節，等一下該不會出現一群生吃人肉的噁心白色盲眼生物吧？不要啊！與其被那種東西吃掉，我寧願被變態食人魔吃掉……嗯，算了，還是被大象吃掉比較好。

之前曾聽說黑蝕平原地質很不穩定，但沒想到會不穩定成這樣——地上很多坑洞就算了，竟然連地底都有個這麼大的坑洞，根本就是殺人陷阱了。

手不該這麼容易斷掉的啦★

嗯，好吧。那接下來……對了，牛奶人呢？

我趕緊四下尋找，突然在一旁的地面找到一隻伸出來的手。

糟糕！他被埋在石塊裡了？

「牛奶！」我喊道，伸手拉起他的手——

啊啊啊啊啊！我沒有拉起一個人，拉起的就只有一隻手啊！這就只是一隻手啊！牛奶的手斷了啊啊啊！被我弄斷了啊啊啊啊！

嗯？等等，這看起來不太像牛奶的手，倒是比較像……

我看向我的左臂。幹！不見了。

靠，這是我的左手啊！天啊，這也太噁心了！我就這樣用右手抓著我的左手啊！這就跟擁抱自己的頭那種感覺一樣啊！

「吸……吸管？」牛奶虛弱的嗓音從土石堆另一邊傳來。

幹！要是這隻手被牛奶發現，在經歷找到小貓斷掉的項圈之後，又看見我的手斷掉……不讓善良脆弱的牛奶嚇死才怪啊！他說不定會大受打擊直接暴走了啊！我要快點把這隻手藏起來……呃，這樣他就會看見我空蕩蕩的左臂……啊！算了！直接接上去假裝沒斷好了！

我立刻把左手接上去，還接反了變成一種更噁心的畫面，我趕緊扳正，把傷口的血擦掉之後，用手帕綁起接合處固定。

好，這樣一來，手帕剛好就遮住傷口了，也能固定讓它不會走一走就掉到地上。

嗯，我的手是沒斷過啦，不過既然這對牙印來說算小傷……就算這樣綁著不動，應該過幾天也能接回去，只要那隻手沒有離開身體太久已經腐爛了之類的。

怪了，其實手斷掉沒有我想像中那麼痛……還是其實已經痛到把我的神經全都麻痺了？嗯，有可能。

「吸、吸管！」牛奶慌張地越過土石堆，踉蹌著走了過來，「你……你沒事吧？」

「哦，沒、沒事。」

「你的手……」他看向我綁著手帕的左臂。

「哦，沒什麼啦！只是一點點小擦傷，我就用手帕綁起來了。」我搧搧右手。

「真的沒事？」牛奶很擔心地又問了一次。

「沒事、沒事，」我安撫道，「我很耐摔的呢。」

牛奶看起來還是沒放下心，雙眼盈滿淚水，說道：「抱、抱歉……都、都是因為陪我，你、你才會……」

手不該這麼容易斷掉的啦★

「不！不不不，不是你的錯，是這裡的地形的錯啊！這裡的土地太不爭氣了，竟然隨便踩隨便塌，弱成這樣完全是它的錯啊！」我趕緊說道。「而且……現在應該要考慮該怎麼出去，才能繼續找螺絲釘牠們吧？」

這果然讓牛奶愣了愣，抬頭看向上方的洞口。

嗯？說到這裡，司令部怎麼會到現在一點動靜都沒有……我用右手一摸耳機，卻發現耳機消失無蹤。呃？！耳機呢？

我四下尋找卻都找不到，看來應該是在塌陷過程中掉了，還被那堆亂石壓爛。

好吧，那就用背包裡備用的……我用右手脫下背包，打開背包一看，才發現背包裡的東西在摔下來的時候都摔得不輕——也是，我連手都摔斷了，何況是裡頭的精密裝備。

三副備用耳機有兩副是碎裂的，只有其中一副情況比較好，上面只有一小道裂痕。隱形眼鏡就慘了，全部摔得粉碎。手錶型導流急救器也壞了一個，只剩一個，絕緣護服的金屬核片因為體積小，兩片都還完好。

包含我身上配備的，總共是一副有裂痕的耳機、一副隱形眼鏡、兩支手錶型導流急救器、三片絕緣護服。

我將那一枚有裂痕的無線耳機戴上，打開電源。

「吸……吸管……你……滋滋……沒事……滋滋……吧……？」大概是因為摔出裂痕了，收訊非常不清楚。

「沒事。」我小聲說道，「只是訊號很不清楚。」

「好，那就……滋滋……繼續……滋滋……前進……」小八說道。

「但是……滋滋……總司令……」兔毛的聲音。

「設法在這裡……滋滋……攻略牛奶……滋滋……好感已經……八十六了……滋滋……」

「總……司令……滋滋……這、這樣會不會……滋滋……太冒險……」狼毫的聲音。

「吸管……滋滋……」一陣雜訊之後，小八的聲音再次響起，「為了怕干擾你……滋滋……我們會先切斷……這裡……的連線……滋滋……必要時刻……會再跟你聯絡……或是用隱形眼鏡……傳訊息給你……滋滋……」

「你就先……照自己的意思……滋滋……行動吧……」

「嗶嚓！」

耳機沒了聲音。

什麼？！真的假的？就這樣讓我照自己的意思行動？這樣沒問題嗎？真的要照我的意

思的話……現在就把我和牛奶救出這個鬼地方，我們要去找貓啊！

原本在一邊試著要爬上洞窟的牛奶跑了過來。

我趕緊將背包揹上，抬頭問道：「怎麼了？爬得上去嗎？」

他搖搖頭，「我沒辦法。」

「嗯，好，既然你都沒辦法了，我也一定沒辦法……」我用右手搔搔頭，「那……接下來該怎麼辦呢？」

也對，如果我們是在沒有 CUP★LID 監控的情況下遇難的話，很有可能會就此變成失蹤人口……除非運氣好被搜救隊找到。

牛奶皺起眉，看向一旁。

我也跟著他的視線看過去，發現那是一個我剛剛沒看見的小洞，上方滿是纏結交雜的樹根，夠讓一個成年男子彎腰走進去。

我將右手放在洞口，察覺到微弱氣流。

「嗯……從這裡說不定可以通到外面。」我將頭探向洞口，裡面似乎越來越寬，伸下來的樹根也越來越少。

回頭看著牛奶，問道：「要走這裡看看嗎？」

他點點頭。

「好，那我來開路好了。」我調整包包的位置，彎腰走進幽黑的洞窟。

牙印能在黑暗中視物，視力雖然不像白天那麼好，也能看清事物的輪廓。

嗯，這種夜視力除了停電時找手電筒或是在放映到一半的電影院裡找座位之外，竟然還能派上其他用場，真令我驚訝。

洞窟幽暗，散發出一種土壤、礦石和樹根的味道。接下來的道路確實越來越寬敞，原本要彎腰才能行走，現在已經能挺直背脊了。

不知道走了多久，我們在一旁發現了一座微亮的、有些微水聲的洞窟。

走進去之後，才發現散發光芒的是一些嵌在洞窟各處的冰藍結晶。寬敞的洞窟裡有一座不小的水池，冰藍色的水域幾乎就像一座小湖泊，池底也有著發光結晶。在冰藍結晶的光芒下，水看起來也是冰藍色的。

我看了看牛奶。他看起來狀況不太好，原本白皙得像牛奶的臉更蒼白了。

「牛奶……我們在這裡休息一下吧。」我說道。

牛奶愣了愣。遲疑片刻，才點點頭。

在洞窟裡能聽見自己說話的回音，感覺有點像我們學校禮堂。但這裡非常安靜，回音更加明顯，也隱隱透出一絲弔詭。

洞窟頂除了冰藍色結晶，還垂掛著一些詭異的冰藍色囊泡，半透明的囊泡裹著像生命體又像非生命體的光源。

看牛奶仍蒼白著臉站在原地發愣，我拉著他走到洞窟邊，靠著石壁坐下。

牛奶怔忡，這才跟著坐下。

「……你沒事吧？」我問道，看著他比紙還蒼白的臉。

牛奶一雙冰藍眼眸看著我，一會兒才找回焦距，搖了搖頭。

啪答！

嗯？

我看向身旁地面，發現是一小攤螢光藍的黏稠液體。這是什麼……剛抬起頭，就發現洞窟頂垂掛的其中一個冰藍囊泡裂開，一隻詭異的生物從裡頭探出頭來，身上沾滿囊泡裡的黏稠液體。

啪答！

又一坨螢光藍黏液滴落，這次落到了牛奶耳機上。幸好沒有掉到頭髮上，這東西感覺很難清理……不對！那是什麼生物？這黏液有沒有毒啊！

在牛奶發楞時，我趕緊將他拉過來：「牛奶，過來一點！那裡危險！」

警戒地盯著洞窟頂那隻像冰雕犰狳或冰雕海蟑螂一般的生物，牠卻沒什麼反應，只是眨了眨好幾顆無眼白的深藍色眼珠，吱溜一聲鑽出囊泡，沿著洞窟頂竄，不一會兒就消失在黑暗中。

等了一會兒，冰雕犰狳沒再出現，我才鬆了口氣。這洞窟真夠詭異，發光囊泡裡的發光生物……原來上面那些全都是這種冰雕犰狳的卵……嗯，卵囊？

正想和牛奶提議換另一個洞窟休息，卻發現牛奶痛苦地抱著頭，失去重心，踉蹌撞上一旁的石壁。

他在地上縮成一團，身體曲起，兩手緊抱住頭，艱難地喘著氣。胸口劇烈起伏，近乎呻吟的聲音聽起來像是受到了極大的傷害，蜷縮著像一隻受了重傷的小動物。

「牛奶！你、你沒事吧！天啊，這是怎麼回事……」我不敢扶起他或亂動他，怕造成更嚴重的傷害。

那、那些冰雕犰狳的黏液是有劇毒會融化腦袋嗎？糟糕，這下該怎麼辦——等等，既然牛奶是異行者，這世界應該沒有東西能殺得死他……但能讓他這麼痛苦，肯定是腐蝕性極強的毒液！該不會這些冰雕犰狳也是異界來的吧？天啊，那就真有可能殺得死牛奶了！

牛奶仍蜷縮在地上，看起來卻緩和了些，不再像之前那麼緊繃，痛苦的喘息聲也減弱了。

「牛奶！你沒事吧？沒事吧？聽得到我說話嗎？」我趕緊蹲下。

「不，不……吸管，不！別過來……」他往後縮，轉而抓住自己的手腕，身上浮現銀藍電紋。

我不知所措地蹲在原地。

過了許久，牛奶終於緩和下來，身上的銀藍紋路消失無蹤。他顫抖著撐起身體，勉強扶著牆壁，險些摔倒在地好幾次，才終於站好。他倚在牆上，額上一層冷汗，雙眼緊閉、眉頭緊皺，緩緩深呼吸幾次。

看向上方滿滿的冰雕犰狳卵，我扶起牛奶道：「我……我們先離開這裡吧。」

扶著蹣跚的牛奶，我們找到了下一個可以休息的地方。這次的洞窟比較小，四周仍有冰藍結晶，但沒有螢光卵，也沒有水坑。

「好了，先在這裡休息一下……」我用右手扶著牛奶，讓他靠牆坐下。「啊……等等。」

我拿出手帕，小心翼翼地替他擦掉耳機上的螢光藍黏液。

耳機沒有被黏液融化，黏液也沒沾到牛奶其他地方。怪了，那牛奶在痛什麼？該不會這耳機其實是牛奶的一部份，長滿了他的痛覺神經？

這倒是有可能……畢竟這耳機的觸感有點奇怪，不太像塑膠，有點像金屬……不如說，不像我看過的任何材質。這應該不是地球的產物。

牛奶看著我片刻，垂下眼。

「吸管。」

我愣了愣，「怎……怎麼了？」

「你之前不是問過我……為什麼會戴著耳機嗎？」牛奶冰藍色的眼眸看著我。

「呃……是啊。」怕踩到他地雷，我趕緊又補一句：「但是……你不想說就不要勉強……」

牛奶搖搖頭。

「那些研究機構……他們用電子儀器切開我的身體。」牛奶垂下眼，表情平靜。

「我被固定在手術檯上。那裡……我們那個世界……用來解剖的機器，長得和剛才那隻生物幾乎一模一樣……那些發光的眼睛，能量刀構成的幾十隻前足……」牛奶嗓音微微顫抖。

吸了口氣後，牛奶才繼續道：「有一次……和以前每一場研究一樣……能量刀發出滋滋聲，逐漸逼近我的身體。不同的是，這次他們想研究的……是我的心臟。我很恐懼，但同時也想著……

「想著……每次一睜開眼……就必須面對一次又一次的實驗……如果、如果能這麼結束，或許……」

我看著牛奶低垂的藍色眼眸，看著他嘴角被悲傷勾起的複雜弧度。

剛剛……讓牛奶蜷縮在地的，並不是冰雕犰狳的黏液，而是他長久以來的痛苦記憶。被轉送多所研究機構，都是這些解剖機器切開他的身體，想找出他「異常」的原因。

停頓了一會兒，牛奶才有辦法繼續說下去：「……在我閉上眼之前，能量刀卻突然熄滅，解剖機器的眼睛也不再發光。手術房的金屬門開啟，一個穿著白袍的人走了進來。他說要我到他們的研究機構去。如同之前每一次被轉送往其他地方，他們替我戴上禁制器，用煙霧麻醉後，我就失去了意識。」

「後來，我被送到另一間研究機構……他們說，接下來會由一個人來研究我……當他來接我時，我才發現，那是當時帶我走出手術房的人。我以為自己又會經歷一場接著一場的實驗、解剖或是針管、藥物……」

「他卻沒有這麼做。他帶我到他的機械生命工坊，讓我住在那裡……沒有藥物麻醉，也沒有解剖，只有脖子上的禁制器。他只是每天都在製作機械生命……到後來，他甚至也教我怎麼製作機械生命。」

「……他的名字是『艾斯普雷』。」

我愣了愣，皺起眉，「『艾斯普雷』？那不是……」

一隻黃銅色的小老鼠從牛奶袖子裡爬了出來，爬到牛奶肩膀上。

「……艾斯普雷。」牛奶摸了摸肩上機械老鼠的頭，垂下一雙藍眼。

這隻機械鼠就是當時和三隻小貓玩在一起的機械鼠。它的名字也是「艾斯普雷」……

牛奶沉默了許久，才又說道：「從小被轉送到那麼多地方，那些實驗的疼痛，長久下來也習慣了。當時……我不知道什麼是開心，也不知道什麼是難過，只知道撐完一次實驗，還會有另一場實驗。」

「我從來沒有哭過，也沒有笑過。過往的研究機構，那些人說我沒有靈魂……一生下來就是被用來實驗的材料。」

「艾斯普雷……他說，他曾經被一隻機械生命所救。那隻機械生命為了救他而毀損，只剩下失去能量的『核』。艾斯普雷將一直收藏在抽屜、救了他的機械生命的『核』交給我，對我說……連機械生命都有靈魂了……我怎麼可能沒有？」

「當時，握著手中早已失去能量的『核』，我第一次……學會哭泣。」

牛奶將肩膀上的機械鼠艾斯普雷放到手上。機械鼠抬起頭，一雙藍色寶石形成的眼睛看向牛奶。

「他讓我相信我也有靈魂之後，我學會了哭……也開始學會了笑。我學會了好多好多東西，學會在艾斯普雷的幫忙下製作簡單的機械生命，學會怎麼和別人溝通，學會分辨好吃的食物和不好吃的食物，學會看書，甚至學會克制自己的電流……」

「有一次，艾斯普雷替我拿下脖子上的禁制器，做克制電流的訓練時，一群研究機構的人來了。他們對艾斯普雷說，研究機構改變了方針——有人出很多很多錢，想要買下我心臟的數據資料。」

「他們將我帶回研究機構，說會由艾斯普雷來研究我的心臟。他們說，很快就會結束了，我甚至不會感覺到疼痛。」

「我覺得我似乎又把靈魂弄丟了……因為，我又忘了該怎麼哭……也忘了該怎麼笑。我忘了該怎麼悲傷，也忘了該怎麼快樂——這場實驗結束之後，不會再有任何實驗……這種想法，讓我覺得似乎得到了解脫。」

「能量刀的滋滋聲，解剖儀器發光的眼睛……這些都變得不再重要。」

「但是，就在我閉上眼時……發生了和我第一次見到艾斯普雷時一樣的事……能量刀卻突然熄滅，解剖機器的眼睛也不再發光。手術房的金屬門開啟，一個穿著白袍的人跑了進來——那是艾斯普雷。」

「固定住我的厚重金屬鬆開，他要我跟著他走，他的聲音聽起來有點急促。我們一路跑過長廊，我不知道發生了什麼事，實驗通常不會中斷的。而且……我竟然能就這麼走出手術房，沒有戴上任何禁制器，也沒有被煙霧麻醉。」

「跑了沒多久，後方傳來一陣陣叫嚷，艾斯普雷要我快跑。我終於知道……他要放我走。在當下……『獲得自由』對我來說，並沒有很強大的吸引力……應該說，對此我只感到恐懼。沒有那些禁制器、麻醉劑，我只會傷害更多人。後方的叫喊逐漸轉化成一陣陣尖厲的叫罵，聲音變成一團濃濃的黑影，籠罩我的視線。」

「我不知道當時我對他說了什麼，只知道自己停下腳步。艾斯普雷好像很生氣，對我罵了一些什麼。最後，他拿出原本放在口袋裡的實驗耳機，罩住我的耳朵。」

「我往前跑，跑過一道又一道開啟的金屬門——最後，我看見了藍天。略帶灰色的藍天。」

「銀色城市，在灰藍天空下閃閃發光。」

第十八章　咬人必須咬對地方

THOSE ALIENS TASTE NOT GOOD AT ALL

「逃出研究機構之後，我再也沒有看過艾斯普雷。我曾去他的機械工坊找過他，但是附近的人都說很久沒看過他了。」

「奇怪的是……艾斯普雷交給我的，早已失去能量的『核』……卻在某天早晨，發出藍色的能量光芒。我用重獲能量的『核』……第一次在沒有艾斯普雷的幫忙下，自己完成了一隻機械生命——一隻黃銅機械鼠。」

「我用他的名字，艾斯普雷——替黃銅機械鼠命名。從那之後，艾斯普雷就一直陪在我身邊……」

牛奶垂下眼，輕輕撫摸著手中的黃銅機械鼠。

牛……牛奶這傢伙……果然好可憐啊！

「吸……管……滋滋……」耳機突然傳來小八的聲音，「好感度……滋滋……八十八……」

八十八！才八十八嗎！還不能咬嗎！我好想趕快幫牛奶從那悲慘的命運中解脫啊！

此時，隱形眼鏡傳來了選項：

①牛奶……我會像艾斯普雷一樣，一直陪在你身邊。從此以後……你將不會再孤單一人。

②牛奶……讓我成為你的靈魂吧。這樣一來，你永遠也不必懼怕自己弄丟靈魂了——因為，我永遠也不會弄丟你。

③耶嘿★雖然我是個迷糊小魔女，但區區的靈魂也不是製作不出來的唷❤讓我為你製造一個永遠不怕受傷的靈魂吧★

迷、迷糊小魔女果然又來了啊！

「吸管……選……滋滋……」

什、什麼？選幾？選幾？

「……滋滋……」

天啊！耳機怎麼會在這種時候掛點啦！

此時，隱形眼鏡的第二個選項卻突然瘋狂閃了起來，一閃一閃亮晶晶閃得我快瞎掉。

好，選二是吧！

「牛奶……」我單手按住牛奶的肩膀，認真看著他的藍眼眸。

牛奶一愣，呆呆看著我。

「讓我成為你的靈魂吧。這樣一來，你永遠也不必懼怕自己弄丟靈魂了……」我頓了頓，深吸了口氣，說道：「——因為，我永遠也不會弄丟你。」

牛奶看著我，一雙藍眼盈滿淚水，頓時無法言語。

隱形眼鏡的影像變了，這次變成一行字：

牛奶好感度：八十九

不過片刻，上面的八十九閃動了一下，突然變成九十……九十一……九十二！可以咬了啊！我可以咬牛奶了啊！我好感動啊啊啊啊啊！

「牛奶……」我說道，「在我們這個世界，我有一種很特別的……呃，力量，能封印住你的能力，使你不會再傷到任何生命。」

牛奶愣了愣，隨後，雙眼中流露出希望的光芒：「真……真的嗎？」

「真的。」我頓了頓，「不必再忍耐、不必再壓抑……從此以後，你可以像普通人一樣生活。」

「可……可以讓這種能力消失？」牛奶又問。

「不算是消失，只是讓它不會再發揮出來，除非解除封印。」我說道。

「我、我可以……不再傷到別人？」

「只要你不硬是衝破封印，沒錯。」

「該怎麼做？」

「呃？」

「該怎麼做，才能封印？」牛奶看著我。

「嗯……你……你必須……讓我咬一口。」我說道。

「該咬哪裡？」

「呃……應該都可以……」

「請咬吧。」牛奶湊過來，神色認真專注。

呃……好、好吧……該咬哪裡？脖子好像有點怪，還是手腕好了。

「借我……你的手。」我對牛奶說。

牛奶立刻伸出雙手。

「呃……一隻就行了。」我抓住他的左手。

手掌微微刺痛。嗯，電流不會太強，還在可以忍受的範圍內。

我深吸了口氣，張開嘴，咬住牛奶的手腕——

突然一陣劇痛，意識陷入黑暗。

★

呃……頭好痛……全身都好痛……這是怎麼回事？我怎麼了？到底發生……對了，我和牛奶……掉進洞窟裡？然後呢？呃，好感度有提升……然後呢？牛奶說了他的過去……哦！對！那悲慘的過去！太可憐了，牛奶太可憐了……啊，對了，他願意讓我咬！我封印成功了嗎？我好像咬下去了！那現在又是怎麼回事……

我憑著意志力強撐起眼皮，卻還是一片漆黑。

幾秒過後，黑暗才從視野中央褪去，模糊的景像逐漸映入眼簾。

「吸……」

嗯？

「……吸管！」

我立刻清醒，強迫視線對焦，看見了上方的牛奶的臉。

「牛……牛奶？」我發現我嗓音乾啞，而且喉嚨好像……我咳了聲，肺部、胸口、全身都一陣劇痛，我摀住嘴，拿開手時發現手掌紅紅的。

這個味道……血？而且是……我的血。

我這才發現我的鼻子下方和嘴角都是血，嘴裡也有濃厚的血腥味。

我忍著劇痛撐起上半身。

牛奶他……無法徹底控制自己的能力。應該是在我咬下去的瞬間，他的身體啟動了本能的防禦反應——放電。

呃，好吧，這下該怎麼辦？他都願意讓我咬了，我咬了卻會被電死……嗯，包包裡還有另一組備用的透明的絕緣護服和手錶型導流急救器……或許可以再試一次，而且試完之後我還活著。

我立刻拆下左臂上的手錶型導流急救器，從包包裡拿出一個新的換上。

好！等我身體狀況恢復一點之後，就和牛奶再試一次……

「不……不，不……我、我又……」牛奶向後退了一步，嗓音透出恐懼與慌張，臉上閃動著銀藍色紋路。

我一愣，看向牛奶。

糟、糟糕！我這滿臉血一定嚇到他了！

「牛、牛奶！我沒事！」我立刻用袖子擦去鼻血和嘴角、下巴的血，起身走向他，「只是一點血管破了而已，看起來有點嚇人，但對我們牙印來說這算小意思……」

「那……那些血……不，不……別、別過來……吸管，別過來！別過來……」牛奶不斷後退，藍眼中充滿慌亂與自責。

「牛奶……」我立刻抓住他的手，一陣藍色電光閃現，我似乎聽見皮膚的爆裂聲。

哦，天啊，這還真有點痛。

「放……放開！吸管！我……我又會傷到你……」牛奶想抽回手。他手臂上滿是銀藍發光紋路，不斷閃動著銀光。

「冷靜點！」我放開牛奶的手，改按住他的肩膀，「聽著，牛奶，我沒事。」

「不……你、你的手……」他的藍眼看著我右手上裂開的皮膚和流出來的血。

「牛奶，我不是說過了？這根本沒什麼。」我緊皺著眉，表現得非常鎮定自信，就算感覺內臟都已經被電爆了。

「你看，不是已經在慢慢癒合了嗎？」我用意志力拚命想讓手臂上的傷癒合，不知道是不是錯覺，好像還真的有點效。

他看著我，藍色眼眸稍微恢復了一些理智。

「不要逃，好嗎？」我認真看著他的藍眼睛，「我不會有事的。」

「但是……我還是傷了你……」雖然已緩和許多，他的藍眼睛裡仍有著自責與悲傷。

「哎，沒有人不會受傷。光是伸手拍一下別人的肩膀就不知死掉幾千萬個細胞……對我們這族來說，這樣的傷跟抓癢沒兩樣喔。」我甩了甩右手，幹，好痛。

「牛奶，我們這族的特性就是很容易受傷，但也很容易癒合……據說有人慘到只剩一顆心臟，最後還是完整長回一個人的。」

很容易受傷這點是亂掰的，很容易癒合是真的。

但是只剩一顆心臟還是會死啦……剩一顆心臟還給他整個人長回來，必須在極度精密的環境裡才有可能，像是泡在無菌供氧營養液儀器裡或是其他專門器材之類的，而且也不是每個牙印都有這麼強的生命力、恢復力。

聽說以前甚至還有個變態牙印喜歡收集自己的頭……他被砍了頭之後，突然被自己的斷頭煞到……後來就一年砍下自己的頭一次，做好防腐處理後標上年份擺在架子上，等自己的頭再長回來，就這樣持續了一百五十年左右吧？

所以他的收藏架上放了一百五十顆自己的頭……靠，這真的噁斃了，這傢伙是腦袋有問題吧？嗯，說的也是。他大半時間都沒有頭了，常和腦袋失聯，當然會很有問題……嗯，總之，牙印的恢復力真的比普通人類強上很多。

「吸、吸管……真……真的沒事嗎？」牛奶看著我，冰藍眼眸閃動著膽怯擔憂的水光。

「沒事、沒事。」我說道，「牛奶，相信我。我真的沒事。」

「吸管……」牛奶看著我，眼中雖然有著擔憂，但已經和緩不少了。

好，太棒了，接下來只要再稍稍加把勁，他肯定會願意讓我再咬一次……

咚。

物體落地聲。

嗯？怎麼回事？

我順著牛奶的目光，將視線移向地面。

地面上——是一隻手。

看起來十分眼熟的手。

我顫巍巍地轉頭看向我左臂。

幹！空的啊啊啊啊！

我用布條固定好的左手臂掉下去了啊啊啊啊啊！

我顫巍巍地轉頭看向牛奶。

牛奶正將視線放在我空蕩蕩的左臂上。

一陣沉默。

「欸……欸嘿❤畢、畢竟人家是迷糊小魔女，不小心把魔法手臂弄掉了呢★」我用僅存的右手敲了敲自己的頭。

牛奶看著我。

我也看著牛奶。

牛奶看著我。

我也看著牛奶。

牛奶臉上隱隱浮現銀藍紋路。

啊啊啊啊啊啊啊啊啊啊啊啊啊啊啊！慘了啊啊啊！接下來他肯定會轉身就跑消失得無

影無蹤啊！不然就是露出傷痛欲絕的表情放電暴走啊！我該死的手臂，該死的手臂啊！為什麼在這個節骨眼離家出走啦啊啊啊！

他的左手貼上我的肩膀，猛地將我按到石壁上。

一陣頭昏眼花，顧不得背後的劇痛，我怔忡看向牛奶。嗯？這……這是怎麼回事？

「……吸管，我知道如果不這麼做……你一定會來追我。」牛奶看著我，冰藍色的眼眸被深層的絕望、孤獨與悲傷佔領。「我不希望你再次被我傷害……」

「……抱歉。」按住我肩膀的手臂浮現銀藍紋路。

一陣刺痛，周遭陷入一片漆黑。

★

呃？這……這到底是怎麼回事？

我睜開雙眼，才發現自己躺在冰冷的石地上。我用右手撐著坐起身，環顧了四周一圈。

這裡仍然是剛才那個洞窟，但牛奶早已不見蹤影。

我……我又被電昏了嗎？但我不是裝了新的導流急救器……

我想看向左手腕，卻突然發現我的左手好好躺在一邊的地上，手腕上還戴著手錶型導流急救器。

把導流急救器戴在斷臂上是有什麼用啊！哦，天啊！我竟然犯了這麼愚蠢的錯誤！在左手斷掉時就應該想到了啊！

把左臂撿回來，重新用布條固定住之後，我拆下導流急救器，重新將它戴上右手，再將背包裡的絕緣護服核片拿出來，貼上胸口。

牛奶肯定是知道我會追上去，怕自己再次傷害到我，才先把我電昏……他當時的眼神，看起來像是對世界、對他自己、對一切都感到絕望啊！牛奶！你別這樣！不過就是隻手嘛！好吧……現在該怎麼辦？找到牛奶？不過……就算真的找到了，他也不會願意讓我再咬一次了吧……哦，都怪我該死的左手臂。臭手臂啊啊啊！要不是你嚇到牛奶，事態哪會這麼嚴重！可惡，回去把你換掉算了！乾脆把你扔掉重新長一隻好了啦！

我檢查了一下，發現連隱形眼鏡也被電壞了。

嗯，好吧，看來只能等 CUP ★ LID 來救援之後再想對策——

「……管……吸管……聽……得見嗎……」

我愣了愣，立刻跳起身應道：「聽得見！是小八嗎？」

「哦……這該死的……耳機……」

隱約傳來斷斷續續收訊不良的拍桌聲。

果然是小八。

「天啊……！終於……連……上了……」應該是虎皮大姐的聲音。

「聽著……吸管……這耳機……不知道能……撐到什麼……時候……」小八的聲音斷斷續續傳來，「我先……告訴你……」

她的聲音伴隨著一大堆雜音，我必須非常艱苦才能將它們拼湊成完整的一句話。

「牛奶……電流最強……的地方……都在……肢體末端……所以……等一下……你必須咬……電流最弱的……腰側……」

嗯？什麼？牛奶電流最強的地方是肢體末端？例如說……手？哦！難怪每次都被電得要死！呃，等等，我必須咬……腰側？

「時間不多……等一下……我們必須執行另一項作戰計畫……」

另一項作戰計畫？

「你必須……假裝受傷……看起來快死了的那種……再對趕來的牛奶說……如果不讓你喝血……你……就會死……」

「假裝受傷？要怎麼假裝……等等，要對趕來的牛奶說……但我怎麼知道牛奶會不會趕來？他又是往哪個方向走？」

「你……走出洞窟……往右轉……其他我們……會打點好……我……們……會讓……滋滋……滋……」

一陣雜音，耳機又掛了。

哦，天啊！這爛耳機啊！我忍住怒摔耳機的衝動，冷靜下來整理剛剛得到的資訊。

總之，離開這座小洞窟之後右轉……CUP★LID會想辦法讓我假裝受重傷，我只要騙牛奶如果他不讓我喝血我就會死，應該是這樣吧？

他們要怎麼讓我假裝受重傷啊？拿炸藥炸我嗎？不不不，這樣應該會真的受重傷吧。

眉頭緊皺，雖然半信半疑，我仍然在打理好之後，走出這座小洞窟，往右走。

但是，才走了沒多久，地面就突然一陣震動。

這……這感覺是……該不會又……

轟隆！

地面再次塌陷。

★

從一堆亂石裡起身時，我只想說……幹！這種爛地形到底他媽的還想塌幾次！四處都是亂石崩塌後的煙塵，我被嗆得咳了幾聲。

檢查了一下自己的左臂還在不在，卻發現這次竟然還好好的接著，沒有掉下來。幹！這種時候你倒接得挺牢的嘛！剛剛怎麼被牛奶隨便一電就掉下來啦！

煙塵散去，原本以為自己會看到洞窟、洞窟和洞窟……這次，出現在眼前的……卻是一道金屬門。

金……金屬門？這種鬼地方……會有金屬門？

呃……難不成這就是小八說的計畫？不、不會吧……CUP★LID有這麼強嗎？在這麼短的時間內造一座金屬門出來？不過，這金屬門要怎麼讓我假裝受重傷？夾我嗎？把我夾扁？還是直接倒下來把我壓扁？不，這些怎麼想都只會真的受重傷啊。

我皺眉，走上前去，看著這道足足有三人高的金屬門。嗯……怪了，旁邊還有虹膜辨識器和面板……這怎麼看都很高科技。

這是道具嗎？看起來不像啊。還是這看起來很真的金屬門其實是CUP★LID的投影虛像？嗯……

我伸手敲了敲金屬門——

嘰咿——

金屬門突然開啟。

這、這是怎麼回事？我嚇了一跳。

看著打開到正好一個人寬的金屬門，我皺起眉。

這是……要我進去的意思嗎？呃，好吧。

我走入金屬門內。

裡頭的景像更令我吃驚了——幽暗的綠光下，金屬牆、金屬地面、金屬器材，透明生化槽、營養槽、生物培養槽，高科技儀器與面板到處都是。

——這是一座生化實驗室。

實驗室的天花板很高，應該有普通樓層的三倍高，牆壁上建了金屬走道和一些小金屬門，不知道能通到哪裡。

一柱一柱透明的生物培養槽裡，裝滿了營養液，各種詭異的人工生物接了管子，在培養槽裡昏睡，不時冒出幾個氣泡。大部份的生物看起來都還沒完成，渾身包裹著赤裸的粉色皮膚，能透過闔起的半透明眼皮看見烏黑的眼珠，還能在背上看見明顯的脊椎。

我走了進去，四下張望。這裡一個人都沒有。連燈光也是備用照明系統的詭異綠光，看樣子整座生化實驗室都停擺了。

實驗室中央有一座實驗臺，上方放滿了各種用具與小型儀器，並沒有擺得很整齊，看起來像是原本在使用的人離開得很匆促。

在實驗室正前方，是一座直達天花板、將近十公尺高的巨大培養槽。這柱培養槽已經破裂，綠色的培養液流了一地，沒有連接生物體的輸氧管和營養管滴滴答答滴下營養液。

經過一整排柱狀生物培養槽，我看見一隻類似小牛的生物，背上長了類似魚鰭的肉鰭，還有一隻擁有三顆腦袋、蜷縮成一團的無毛雞隻，還有長了犬族頭顱的巨型老鼠。這些生物都像還在蛋殼裡的胚胎，身體呈半透明的粉紅色，能輕易看見血管與骨骼。

天啊……這些也是CUP★LID做出來的佈景？也太真實了吧？

噗啾。

長了魚鰭的小牛突然睜開眼睛，碩大無眼白的黑色眼珠直直盯著我瞧。

我嚇了一大跳，往後跌坐在地。

唰——

地面下方傳來一陣聲響。

我低頭一看，發現自己坐在一整片透明的方格狀地板上，透明地面下是一隻在水裡悠游的巨型烏賊。加上觸鬚，這隻烏賊至少有三十公尺長。

搞、搞什麼！這裡真的是CUP★LID的佈景嗎？不可能吧？這麼短的時間內做出這麼擬真的佈景，就算是CUP★LID也……

啪滋。

我看向一邊。

那是一只裝了一層灰燼的透明反應槽。那些黑色灰燼隱隱流竄著冰藍電光。這……這怎麼有點眼熟？像是當初的電牢球灰燼……這是CUP★LID拿出來當佈景的嗎？不，這有點怪吧？在攻略牛奶的時候用牛奶曾經電成灰的電牢球當佈景？

「喵……」一陣微弱的貓叫聲。

等……等等，貓叫？

「喵……」又是一陣微弱的貓叫。

我趕緊循著貓叫聲尋找來源。繞過好幾座培養槽後，我在一座約一立方公尺的透明絕緣禁制箱裡看到了三隻小貓——

咬人必須咬對地方

螺絲釘、齒輪、焦油？！

這……這是螺絲釘、齒輪和焦油吧？小灰貓、金色小貓和小黑貓啊！那隻小灰貓好像還認出我，整張臉貼在箱子上，用爪子抓了抓禁制箱的透明牆面。

「等、等等，我立刻救你們出來——」

一道黑影猛地撲了過來，我摔到地面時，只覺得胸口一陣刺痛。緊接著是右肩膀，像是被什麼東西狠狠咬了一口。不過片刻，身上的重量消失——

我睜開眼。不遠處的陰影中，一隻體型巨大的黑豹，雙眼在黑暗中發出螢綠光芒。牠露出牙齒威嚇，牙齒不是白的，是紅的……哦，天啊！那是我的血吧？牙印的夜視力這麼好做什麼啦！好可怕啊啊啊！

胸口的疼痛變得像火燒一般，我瞥了一眼，是四道冒血的深長爪痕。肩膀則是血淋淋的咬痕。

我我我我身上的傷可不是「假裝受重傷」啊！是真的在噴血啊！

天啊啊啊！CUP★LID派出一隻活的？一隻活的……黑豹？這這這這可不是受重傷就能了事的啊！我會被吃掉吧！吃光光的吧！而且這種洞窟哪來的黑豹啊！生化實驗室的話，應該要找那種盲眼的白色黏糊糊吃人怪物……呃，果然還是黑豹好。

盯著那隻黑豹，我很想起身卻不敢亂動，只能繼續躺在地上看天花板備用照明系統的幽綠光芒，深怕一動就激起了牠的獵食者本能什麼的，即使不餓也會想把我當儲備糧食。

為什麼CUP★LID要找一隻黑豹來啊？用爆炸什麼的不是很簡單嗎？有必要這樣嗎？我現在可是真的有生命危險了啊！不……等等，螺絲釘他們也在這裡，這、這代表……這裡不是CUP★LID的佈景。

這裡是……這裡是……防毒面具和那個很厲害的地下組織的生化實驗室啊！這、這隻黑豹該不會也是實驗品之一吧？不……不要啊啊啊啊！這次是玩真的啊！

黑豹一步步離開陰影，沐浴在幽綠燈光下。牠的眼睛是很詭異的孔雀色，豎成一根針的瞳孔緊盯著我，微開的嘴還滴下我的血。

看著牠滿口利齒，我頓時覺得自己的存在價值就是給一頭豹當牙籤。果然還是當吐司屑屑好多了啊……牛奶你快回來！把我電成吐司屑屑……不，飲料屑屑啦啊啊啊！

黑豹身影一閃，以快得看不見的速度出現在我面前。我超想像恐怖片主角一樣尖叫，不過求生本能讓我把所有精神都集中在如何從這怪物的牙齒之下保命。

我用僅剩的右手擋住牠——正確來說是擋住牠的利齒。

牠的牙齒深深刺進我的右手，如果不是錯覺，我似乎還能聽見它們和骨頭摩擦的聲音。

將所有力量集中在右腳，狠狠踹向黑豹腹部——

黑豹鬆口放開我的右手，牠往後跳開的同時，我感覺自己痛得快變成灰燼的右手似乎鉤到了什麼。

牠的孔雀色眼睛盯著我，緩緩向後退，隱遁於黑暗中。

此時，劇痛才傳遍全身。

痛覺讓我的視野模糊不清，只看到一團團紅色。

艱難地深呼吸幾口氣，痛覺稍有和緩，我想抬起右手檢查傷勢，卻發現右手竟握著一枚項鍊。那是一條鑲著孔雀色寶石、太陽形狀的項鍊。

嗯？這又是什麼鬼東西？呃……該不會是 CUP ★ LID 要給我的小道具吧？算了，總之先收起來，等一下說不定會用到。

我用快變成灰燼的右手把項鍊放進口袋裡。

完成這個動作時，我已經把全身所有力氣都用光了，只能繼續躺在地上，覺得意識越來越模糊。

「……管！」

嗯？

「吸管！」

我趕緊睜開眼睛。

映入眼簾的是一雙揉雜了擔憂與慌亂的冰藍眼眸，以及幽綠燈光下更顯蒼白的面容和頭髮。

「……吸管……」牛奶跪在這裡看著我，卻不敢扶我起來或替我檢查傷勢，他臉上寫滿了恐懼與自責。

呃……好吧……即使快被黑豹咬掛了，該進行的任務還是得進行。

「牛……奶……」我看著他，擠出這兩個乾啞的字。

「我快……死了。」我很認真地對他說。

牛奶臉色蒼白，冰藍色眼眸一瞬間失去焦距。

哦，就憑我這滿身是血的模樣，說這句話一定超有說服力的。

等了好久，他都沒接一句話……呃，我在等你問要怎麼樣才能救活我耶。快問啊，不然很尷尬啊！

看樣子牛奶是真的嚇呆了，嘴唇微微顫抖，臉上竟開始浮現銀藍發光紋路——

喔啊啊啊！糟了啊啊！這樣下去我真的會被他暴走的電流電成吐司屑屑而死啊！

「只有一個方法能救我……」我又虛弱又急促地說道。

牛奶怔忡，臉上電路板般的銀藍紋路逐漸消褪。

「我得……喝血。」我看著牛奶的冰藍色眼眸。哦，其實我現在想喝的是莓果公爵夫人啊。美麗的莓果公爵夫人！直到現在都還未與妳在月光下幽會啊！替我留一張晚宴的邀請卡吧——

「這次……得喝你腰側的血，才不會被電……」我虛弱地補充。

牛奶愣了愣，然後立刻開始……脫衣服。

他將領口的拉鍊拉到最底，脫下整件上衣。

嗚哦哦哦哦！你你你脫衣服做啥啊！

……啊，對了，我必須咬他的腰側。總不該隔著衣服咬吧？

「……牛奶……」我看著牛奶，讓周遭瀰漫著一股感動的氣氛。

「我……我該怎麼做？」牛奶問道。

呃……對，接下來該怎麼辦？呃，呃，呃……好，總之湊過去咬下去就對了。

好，不能讓他知道我其實一點也不知道接下來該怎麼辦，不然只會讓他更不安……於是我嚴肅地低聲道：「別動。」

嗯，反正叫他不要動這種看似很厲害卻又其實沒什麼意義的句子很萬用。畢竟他不動我比較好咬嘛，雖然他應該本來就不會亂動。

我用痛得快變成灰燼的右手勉強撐起身體，湊向牛奶腰側。

此時，非常詭異地，我似乎能聞到他皮膚下流動的血液。這種詭異的感覺讓我腦門一熱，牙齦發癢。等我意識過來時，我的鑿齒已經咬穿了他腰側的皮膚。

甘甜濃郁的血滑入我的喉嚨。

我只覺得非常非常渴，全身上下每一個細胞都在吶喊索求。喉嚨像是一片沙漠，倒下一整桶水仍然止不住它的乾涸——

「……吸……吸管！」

一陣熟悉的嗓音令我驚醒。

「夠了……滋滋……快停……下……」

耳機裡傳來的是小八的聲音。

我這才回神，趕緊將嘴離開牛奶腰側。

牛奶腰側閃現一陣光芒，一枚冰藍色星形印記出現在上方。

口中仍殘留著那濃郁鮮甜的氣味。和九世的血味道不同，九世的血是甜膩又帶著一股特別香氣，牛奶的則是……

兩種殘留在記憶裡的鮮血氣味令我牙齦又是一陣發癢，這種不對勁的感覺等我從牛奶身邊移開了一些之後才稍有好轉。

「吸管，你沒事吧？」牛奶仍擔憂地看著我。

我愣了愣，這才想起自己的傷勢。低頭一看，卻發現胸口的爪痕、右肩和右手的咬痕似乎都……沒那麼嚴重？真是怪了，剛剛明明……等等，傷口是不是正在癒合？我緊盯著右手臂，果然發現原本深可見骨的咬痕越縮越小。

身上的傷似乎也不怎麼痛了……呃，這真的有點詭異。

「沒事，我沒事了。」我回答得有點虛，「你看……這些傷都快好了吧？」邊說邊站起身，想展示一下恢復得莫名快速的肉體讓牛奶放心，卻是一陣暈眩。

「吸管！」

牛奶接住我，我搖搖晃晃地扶著他起身站好。

「我、我沒事……」我趕緊站穩，「先、先救出螺絲釘他們……」

牛奶又擔憂地看了我好幾眼，才轉身跑向透明禁制箱。

「抓住他們。」一陣喝令。

……呃？

只見好幾名防毒面具不知道從哪裡衝了出來，猛地架住我和牛奶。

一位身穿白袍的人走了出來，他臉上戴了一副單邊眼鏡。

「啊啊……你們就是這樣封印異行者的？果然和他說的一樣呢……」單邊眼鏡說道，走上前來，勾起嘴角道：「不知道你的基因序列會是什麼樣子……應該能製造出很棒的新物種吧？」

「吸管！」牛奶驚喊，想要掙脫，但架住他的三名防毒面具抓得死緊。

「你是……什麼人？」我抬眼看著單邊眼鏡。

「人？不，不！這樣說太狹隘了……用『生命體』這個詞會更貼切一些。」單邊眼鏡攤手，「他說要我們放棄這裡，但我怎麼可能甘願就這麼離開……」他高聲說道：「這裡——是我畢生的心血，我一手打造的基因聖地！」

「『他』……『他』是誰？」我看著單邊眼鏡。

「你問得太多了啊……」單邊眼鏡勾起詭笑，「我只能告訴你……他是軟木塞的首領。」

「軟木塞？」

「CORK……那是多麼嶄新又龐大的旗幟啊！像癌細胞一樣……終將吞噬除了自己以外的一切。」單邊眼鏡屈身怪笑起來，「但是，但是……他竟然要我們放棄這裡……放棄這座基因聖地！」

「愚蠢……和癌細胞一樣愚蠢……」單邊眼鏡說道，「一開始就汙染腦部不是更快嗎？愚蠢……真是愚蠢……」

「你們……你們到底想做什麼？」我皺起眉，緊盯著單邊眼鏡。

「啊啊，吵死了……吵死了！和失敗品一樣吵……」單邊眼鏡說道。隨後，猛地捏住我的臉，笑道：「啊啊……那就用和失敗品一樣的處置方式吧？」

他從白袍內側抽出一隻針管，「這個可是好東西啊！能輕易融掉你的腦袋、你的血管、你的骨骼……一點痕跡都不留。」

「吸……吸管！」牛奶拚命掙扎，一雙盈滿淚水的藍色眼眸看向這裡，「放、放開他！放開吸管！」

「啊啊，吵死了……吵死了……和失敗品一樣吵……」單邊眼鏡放下針管，走向牛奶，「被封印完的異行者，比失敗品還像失敗品呀。」

「你……你想對牛奶做什麼！」我用手肘用力撞向身側防毒面具的腹部想掙脫，另一名防毒面具卻立刻補上來將我抓得更牢，「牛奶！」我喊道，看著單邊眼鏡離牛奶越來越近。

「啊啊……無趣……一群無趣的生命體……多麼無趣的牽絆……」單邊眼鏡攤手，猛地捶向關著三隻小貓的透明禁制箱。

「喵啊！」三隻小貓嚇得跳了起來，周身圍繞著冰藍電光。

禁制箱開啟，單邊眼鏡伸手將螺絲釘抓了出來。

「螺……螺絲釘！」牛奶驚呼。

「看看牠們……牠們可是我的得意之作啊！」單邊眼鏡用臉頰蹭向小灰貓的肚子，小灰貓警戒地嘶嘶叫著，不斷放出冰藍電流，單邊眼鏡卻一點也不受電流影響。

「不過……能完成牠們……有一大半是你的功勞啊，異行者。」單邊眼鏡看向牛奶。

牛奶愣了愣。

單邊眼鏡卻沒繼續說下去。轉而說道：「話說回來……牠們逃出實驗室後，似乎成了你的寵物啊？」

「啊啊……無趣……一群無趣的生命體……多麼無趣的牽絆……」單邊眼鏡拿起針筒，對準螺絲釘，「我的實驗體竟然被這麼無趣的東西汙染……看樣子，只能重做了。」

「螺絲釘！」我喊道，「放、放開牠！你這混帳！」

「別緊張，這只是第一隻呢……」單邊眼鏡擠出針筒裡的氣泡，「啊啊……吵死了，和失敗品一樣吵……」

他將針筒刺入螺絲釘脖頸——

嘰——嘰——！

一抹金色猛地撲向單邊眼鏡手腕。

單邊眼鏡慘叫出聲，手中的針筒掉落地面，螺絲釘也立刻逃跑，躲到陰影裡消失無蹤。

單邊眼鏡抬起手，就見他的手腕上——是一隻黃銅機械鼠。

「艾斯普雷！」牛奶驚喊。

「你……這該死的偽生物……」單邊眼鏡咬牙，猛地伸手將咬住手腕的機械鼠拔起，扯掉一小塊肉，血跡染紅了白袍袖口。「虛假……虛假……該死的……該死的偽生物……該死的偽生物！」

單邊眼鏡用力將機械鼠扔到地上，一腳踩碎。

「艾斯普雷——！」牛奶喊道。

單邊眼鏡抬起腳，腳下只剩下一堆金屬碎片，以及一小顆佈滿裂痕、不再發光的「核」。

「艾……艾斯普雷……」淚水滑出牛奶的藍色眼眸，牛奶怔忡看著地上的金屬碎片，不再掙扎。

「啊啊……無趣……一群無趣的生命體……多麼無趣的牽絆……」單邊眼鏡說道，「既然如此……就讓你被自己繫上的無趣牽絆刺傷吧，異行者。」

單邊眼鏡走向我，從白袍內側抽出另一支針管。

「來吧！這場名為牽絆的無趣實驗——」單邊眼鏡張開雙臂，「結果會是如何呢？」

「吸……吸管……不……」牛奶看著單邊眼鏡走向我，藍色眼眸失去光亮，淚水不斷滑出眼眶。

「煩死了，煩死了……煩死了！先給他一點實驗變因吧。」單邊眼鏡看向架著牛奶的那群防毒面具。

其中一名防毒面具重重揍向牛奶肚腹。

「嗚……！」牛奶弓起身。

「多一點、多一點！多一點變因啊！」單邊眼鏡勾起嘴角，張開雙臂喊道。

另一名防毒面具用膝蓋擊向牛奶胸口。

「咳、咳咳……」牛奶雙腳一軟，跪坐在地。

「可、可惡！放……放開牛奶啊啊啊！你們這群混帳！」我怒吼，拚命掙扎。

「啊啊……看吧？多麼完美的變因，多麼完美的催化劑……」單邊眼鏡回過身，捏住我的臉，「好了……現在該你了，失敗品。」他一壓針管，擠出裡面的氣泡，對準我的脖頸。

「看見失敗品被融化……實驗樣本會有什麼反應呢？激動之下衝破封印？無法衝破封印，但是想以命相抵？啊啊，總算開始有趣了……」單邊眼鏡勾起嘴角，將針管插進我的脖頸。

「混帳……」我死死瞪著單邊眼鏡，期望目光能在他臉上燒出一個洞。

「我還沒融過牙印呢……這可是新紀錄。」單邊眼鏡壓下針管，熾熱的藥劑緩緩從脖頸燒入我的血管。

我張著嘴，感覺吸不到空氣，脖頸被逐漸注入的藥劑燒穿，血管腫脹得幾乎要炸開，腦袋也被融成一團岩漿。

嗶啾——

一陣清脆的鳴叫傳入我耳中。

脖頸的針管被抽離，我睜開眼，一隻金屬知更鳥叼著針管飛向高空。

……呃？那……那看起來有點像我原本要等待不會勾起小百合傷心往事的時機送給小

百合緩解她對機械生命的陰影結果卻被小百合摔碎的那隻牛奶製作的知更鳥——

「希管・德古拉！」

……嗯？這聽起來像小百合的聲音。

轟！

粉紅色能量彈將單邊眼鏡轟飛。

砰！砰！

緊接著是架住我的兩名防毒面具倒在地上。

「希管！」小百合的臉出現在我視線中。

我一愣，發現自己在空中——小、小百合臉上戴著單目鏡，抱著我，用能量裝置飛在空中。

「你、你沒事吧！」小百合急促地問道。

「……呃……」剛想說話，卻發現喉嚨還像融了岩漿一樣，怎麼也說不出話來。

「快！先幫吸管抽出藥劑！」小百合朝空中喊道。

機械知更鳥飛下來，停在我肩上，張開嘴，一枝細小的金屬管插入我脖頸。

呃？牛奶做的知更鳥有這種功能嗎？

不過片刻，融化腦袋的灼燙感就消失了。

「這……這是怎麼回事？」我愣愣問道，「小……小百合？」

視線恢復清晰，我才發現小百合竟還穿著一身筆挺的西裝。

「才、才不是因為總司令要我來救狀況危急的你……是、是因為我突然想來這種生化實驗室參觀啦！」小百合喊道。

啊……原來是小八要妳來救狀況危急的我嗎？

「你、你可別誤會了！那隻知更鳥……我才沒有讓研究部修好它呢，是、是研究部自己拿過去修的喔，還幫我加裝了一大堆功能。」小百合撇頭說道。

啊……原來是妳讓研究部修好它的啊，還加裝了一大堆功能。難怪它嘴裡會伸出金屬管，嚇我一跳。

「而、而且……我、我可一點都沒有想對你公主抱的意思喔，只是……只是總司令的指示啦！」小百合又喊道。

……啥？原來現在這樣對我公主抱是妳自己的意思嗎？

此時我才發現實驗室變亮了，於是抬頭一看——上方有個大洞啊！能看見清晨微亮的天空的大洞啊！

「我、我是故意開了一個洞的，絕……絕對不、不是不小心才開了一個大洞的喔。」小百合看向一邊。

要、要怎麼做才能不小心把地底實驗室開了個大洞，直直通到地表？小百合妳也太強了吧？

小百合落地，將我放下。

「呃？剛剛那些人呢？」小百合呆呆看著空蕩蕩的實驗室。

實驗室裡只剩下我、小百合和倒在地上的牛奶。

「他們應該都昏過去了，沒辦法逃才對……」小百合皺眉，往前走了幾步，「等等，這是什麼？」

聽見她這麼喊，我趕緊跟了上去，繞過一杜培養槽後，我看見——

地上有一攤暗紅色、微微反射清晨光芒的細沙，暗紅細沙上方放著一只穿刺了一朵暗紅玫瑰的黑色軟木塞。

這種黑色軟木塞看起來像酒瓶的瓶塞，上面還有一些暗紅色的紋路。

「這是什麼鬼東西？」小百合皺眉。這時，她愣了愣，摸著耳機，說道：「嗯？喔，對了……喔，好。」

然後，小百合轉向我，說道：「總司令說他們等一下就會趕過來，要你先安撫一下牛奶。」她頓了頓，又道：「她還說……不要碰這東西。」小百合看向地面的暗紅細沙與穿刺了玫瑰的黑色軟木塞。

「我得先回去了……希管．德古拉，快去完成你的任務吧！」小百合說道。

不……我還是不懂為什麼妳會穿著西裝啊。

「飛行器四號，『只有總裁才有資格穿著西裝從天而降』第二代——啟動！」小百合說道，背上的能量裝置放出一陣粉光，飛出天花板上的大洞。

原來是因為總裁嗎！原來又是因為總裁嗎！幹什麼連飛行器都要取這種變態名稱啊啊啊！而且已經第二代了嗎！不是飛天總裁模型就是這種名稱詭異的飛行器……CUP★LID開發部平常都在幹嘛啊！

……呃，好。總之，現在得先……對了，牛奶！他沒事吧！

我跑向倒在地上的牛奶，扶起他，喊道：「牛奶！牛奶，聽得到嗎？」我替他拆下那群防毒面具不知道什麼時候替他裝上的禁制器。看樣子……他們果然還是怕牛奶會衝破封印嘛。

「……吸……吸管？」牛奶緩緩睜開眼，一雙藍眼仍透出迷濛。

「你沒事吧？我、我扶你起來……」我站起身。

「沒事……」牛奶說到一半，猛地縮回他的手，站起身往後退了兩步。

我愣了愣，看向他。

他抬起冰藍色眼眸看著我，眼底充滿了膽怯與自責。

「牛奶……」我走向他。

牛奶趕緊向後退，「不……別、別過來，你又會被我……」

「牛奶！」

牛奶愣了愣，停下腳步。

「你現在已經不會傷害到任何人了。」我看著他。

牛奶只是看著我，神色怔忡而茫然。

「不必再躲藏、逃避，不必再遠離他人、把自己隔離……」我頓了頓，「……沒有人會再被你傷害。」

我看著他，朝他伸出手。

從實驗室的巨大破洞能看見，泛著濛濛奶白的天空，地表傳來一陣陣清澈的鳥鳴。清晨略帶濕氣的風，吹入這座停擺的實驗室，帶來草木與露水的香氣。

牛奶看著我，看著我的手。

他緩緩抬起手，遲疑著伸向我。

他的手有點冷。這是我第一次感覺到他的體溫。沒有電流，也沒有刺痛感。

我轉而握住他的手，手掌貼上他的手掌。

他愣愣看著我，下意識地縮了縮手，卻又停下，看著我。他沒有抽回手。

清晨的陽光灑落，實驗室的金屬地面反射著晨光，泛著一層閃耀如碎玻璃的光輝。

牛奶垂下眼，露出一抹微笑，輕聲道：「……好溫暖。」

第十九章　異行者住所可不可以養貓

THOSE ALIENS TASTE NOT GOOD AT ALL

陽光讓實驗室的金屬地面鋪上一層金粉，露水被晨曦蒸騰成霧氣。黑蝕平原的鳥鳴毫無隔閡地迴盪於這座實驗室裡，為靜謐清晨注入一針營養劑，其他聲音也漸漸醒了過來。

我和牛奶手掌貼手掌，仍沉浸在沉默的感動當中時，我的耳機突然傳來一陣毀滅性的噪音。

「手牽手告白他喵的萌翻啦啊啊啊啊啊啊啊啊──」

幹──！！！

我的耳膜差點炸裂。

這陣噪音讓我的手一抖，直覺性地想要關耳機摔耳機，卻忘了自己還摸著牛奶的手，趕緊制止自己的求生本能。

牛奶查覺到了，有點慌張地縮回了手：「怎麼了？是我又……」

「不不不，當然不是。」我趕緊道，忍住因為持續不斷的尖叫與暴走發言多重奏而快變成灰燼的耳朵，「只是……吸血之後的副作用，因為恢復得太快，時常會頭暈。」

「是嗎……」雖鬆了口氣，牛奶的表情看起來還是有點擔憂。

「喂！等等。」小八突然道。

「吸管剛剛的反應……該不會是耳機恢復了吧？」兔毛的聲音。

「啥？怎麼可能？到這個節骨眼才恢復？」虎皮大姊的聲音。

「吸管，你聽得到嗎？」小八的聲音。

哦，小八！不愧是小八，果然察覺到我的耳機恢復了。我該怎麼回她？嗯，偷偷點頭之類的……

小八嚴肅道：「吸管，如果你聽得到，就給牛奶親下去。」

「噗咳咳咳——！」我被自己嗆到。

「嗯，他聽得到。」小八下了結論。

「不愧是總司令。」兔毛深表佩服。

「……」為什麼耳機現在才好呢？為什麼？

我此生他媽的都會對電器有陰影了吧。

「總司令，緊急事件。」狼毫突然說道，「一熱源正急速接近吸管所在地。武具反應顯示陽性，核心質916。」

「果然……」小八嘖了聲，「抵禦部那些傢伙已經接到消息了嗎……」

嗯？什麼？又、又怎麼了？

「吸管，小心點喔。有個抵禦部隊的菁英朝你們那裡過去了。接下來一個弄不好……你和牛奶都會化為清晨的露珠唷。」小八俏皮地嘿嘿兩聲。

清晨的露珠妳個頭啊啊啊啊啊！

這這這很嚴重的啊啊啊！牛奶現在已經被封印了，身體和人類幾乎沒什麼差別，剛才又受過那群防毒面具的摧殘……現在的牛奶可以輕易被地球人殺死啊！更別說我了，雖然我是牙印，強的也只有恢復功能而已，若是瞬間被轟成吐司屑屑，就是LVMax的牙印也恢復不了啊！何況我剛剛還被注射過奇怪的藥劑，而且還有一隻手是斷的！

「距目標物九百公尺……七百公尺……四百公尺……兩百公尺……一百……五十……」

轟！

我抓著牛奶撲倒在地。

煙塵散去後，我看見的是一抹紅色身影。

紅髮、骷髏咬番茄金屬耳環，與手上一柄鮮紅巨劍——那是番茄汁。

「好了……據說這次的異行者是變異體，具有高度危險性與復發性，非常具有抹殺的價值……嗯？」番茄汁才舉起劍，看見撲在地面的我時，眉頭一皺。

番……番番番番茄汁啊啊啊！把腦漿當番茄汁喝的惡魔！我們學校的番長！不良少年的老大！喝腦漿的變態吸血鬼啊啊啊啊啊！

「呆毛？你就是這次的異行者？」番茄汁語氣微訝，眉頭緊皺，「怎麼和報告裡的描述……」

「吸……吸管……？」因爆炸而被我撲到地上的牛奶撐著地面坐起身。

「哦？」番茄汁挑起一邊的眉。「看樣子……是這隻才對。」他舉起手中的鮮紅巨劍，咧開嘴角。

「等……等等！」我趕緊跳起身擋在牛奶前方。「異行者編號七九二，代號『牛奶』的藍磁種，已經封印完畢……」

「哦，廢話。沒封印完，哪還殺得死？」番茄汁皺眉。「讓開，呆毛。」

「殺……？！已、已經封印完成的異行者沒必要……」

「誰知道什麼時候會衝破封印……吵死了，讓開就對了。」番茄汁不耐地換了個姿勢，手中的紅劍在稀薄的陽光下泛著一層冷光。

「希管・德古拉，隸屬CUP★LID司令部。」我沉聲道，「這次的異行者已交由司令部處理，你們無權插手……」

「呆毛，你是司令部的人啊？」番茄汁挑眉，「你們現在已經『處理』完了，自然是由我們繼續『處理』。司令部行事就是這麼婆婆媽媽，才會有七年前那場災難……」番茄汁嘖了聲。

我身體一僵。

七年前那場災難——當時，我十歲，卻清楚記得那些殘破的建築物、嚎哭的居民，以及母親為此付出的代價。自那之後，母親就從出任牙印一職隱退……

我握緊拳頭，說道：「……那次災難之後，CUP★LID已經實行許多改變與完善，對於異行者被封印後的監督、觀察與例行檢查也都……」

「吸管，夠了。別跟他吵。」小八的聲音從耳機傳來。

我這才住口。

「剛剛已經和抵禦部上級交涉，那個紅髮的也該要接到通知了。」小八說道。

已經喬好了嗎？不愧是小八……我這才鬆了口氣。

果然，就見番茄汁突然皺起眉，按著一邊的耳朵，說道：「啊？冰點，你說什……撤退？別開玩笑了，都這個節骨眼……」

果然！他被要求撤退了！好，太棒了，這下我和牛奶就安全——

「哦，吵死了！」番茄汁突然喊道。「我說，死眼鏡，之前都照你說的行動了，接下來你得自己想辦法負責——我可不打算現在收手。」

他猛地從耳朵取下一個東西扔到地上，一腳踩爛。

當他把腳移開時，我看見地面上的是一些碎片……看起來像無線耳機的碎片。

然後，他抬頭看向我們，舉起手中的鮮紅巨劍。

呃……這下可能有點糟了。

「喔，我的天！」小八喊道，伴隨著拍桌聲，「怎麼連抵禦部都有這種問題兒童？」

「抵禦部的沒有一個不是問題兒童吧。」兔毛說道。

「緊急狀況 R-27，以阻止擅自行動的抵禦部部員為優先，避免異行者『牛奶』受其抹除。」小八冷聲道。

「開啟緊急模式 R-27，系統已準備完成。」狼毫說道。

「呆毛，你再不閃開，我就連你一起砍了哦？」番茄汁一臉不耐。

在小八他們找出解決方法之前，我得盡量拖延時間……於是，我咬緊牙根說道：「我是不會離開的。面對你這種擅自違背上級指令的軍人……別想要我妥協。」

「哦？」番茄汁挑眉。

周遭的氣氛一瞬間變調，沉重的空氣令我全身的細胞一陣顫慄，差點站不住腳。

「你這是在……挑戰我嗎？」番茄汁握好劍，咧開嘴，像是在笑。

他的壓迫感令我一陣毛骨悚然，等我反應過來時，他已衝向我——不，是衝向……牛奶？

我用上了全身所有反射神經，在他的劍刺過來之前要把牛奶推開——但我徹底忘了我左手斷掉這件事，在來不及改用右手的情況下，只能順勢用肩膀把牛奶撞開。

如果我左手沒斷的話，番茄汁這一擊，我和牛奶都能安全脫身才對。

鮮紅的劍刺入我左肩。

番茄汁愣了愣。

「呆毛，你……」

「吸管！」牛奶驚喊，立刻跳起身。

番茄汁瞇眼，將劍從我左肩拔起，一些血珠隨之噴出。

他將劍刺向牛奶，牛奶卻一點也沒有要抵擋或躲開的意思，執意要擋在我身前。

原以為會看見血洗實驗室的慘劇，番茄汁卻嘖了聲，及時收勢，鮮紅劍刃劃過一邊的培養槽。培養槽破裂，綠色營養液灑了一地，裡面長了肉鰭的小牛掛在空氣中。

「吸管，你的傷……」牛奶看見我左胸一大片血，臉色蒼白，皮膚上……竟隱隱浮現不穩定的銀藍紋路。

……呃？糟、糟糕！現在禁制器已經折了……少了禁制器的壓制，這樣下去牛奶可能會衝破封印的啊！

我大驚，趕緊安慰道：「沒事沒事，小傷小傷，比起剛剛那針管可差遠了呢，別介意別介意啊！」

牛奶轉身面對番茄汁，周身隱隱閃現冰藍電光以及微弱的電流霹啪聲，我能看見他裸露的背上傷痕、類似編號的實驗體烙印，以及越發清晰的銀藍電紋。

「哦，總算要來真的了嗎？」番茄汁咧嘴，瞇起眼，舉好劍。

四周瀰漫著劍拔弩張的危險氣氛，我相信不用十秒牛奶就會衝破封印了，而且還會爆發出十倍的能量。該死的！這下該怎麼辦！世界沒救了啊啊啊！

「吸管！現在把選項傳過去！如果你隱形眼鏡還是故障的，看不到選項，等一下我還

是會再唸一次最後決定的內容，你給我注意聽好了！」小八的聲音突然從耳機傳來。

什麼！選項？這種時候？

隱形眼鏡的影像有點模糊，晃了好一陣子之後才浮現不斷閃動的選項：

①請、請不要這樣！因為我是牛奶主人的專屬貓咪啊喵嗚❤

②兩位主人，請不要為了我打架！嗚喵嗚嗚★

③耶嘿★讓我來施展和好的魔法吧！噗溜噗嚕，和好如初★兩位主人別再吵嘴囉啾咪★

這……這什麼東西啊！都什麼時候了還有這種腦袋有洞的選項！別開玩笑了！這可是關乎世界存亡……

「好，吸管，選一。你等一下就衝過去他們兩個之間，大喊出『請、請不要這樣！因為我是牛奶主人的專屬貓咪啊喵嗚❤』這句話。」小八下令。

幹！真的假的！

「快！牛奶的破壞指數已經要突破臨界值了，這樣下去封印很快就會……」

啊——煩死了！我照做就是了！

我硬著頭皮含淚衝出去，擋在牛奶和番茄汁之間，哀莫大於心死地喊道：

「請、請不要這樣！因為我是牛奶主人的專屬貓咪啊喵嗚❤」

喀鏘。

我面前的番茄汁手一鬆，茄紅巨劍插進金屬地面。

後方很有壓迫感的電流聲也消失了。

不如說，現在安靜得讓我想直接變成灰燼。

嗚啊啊啊啊啊啊啊啊啊啊啊啊——！就讓我變成灰燼吧啊啊啊——！

番茄汁好不容易才回過神，眉頭緊皺，遲疑道：「呆毛……你……」

「吸管！快對那傢伙裝可愛！」小八突然喊道。

什麼！要我對番茄汁裝可愛？這意義何在啊！為什麼啊！

「快，不然世界就完蛋了。」

哇靠！為什麼世界又要完蛋了啊！

可惡，裝可愛裝可愛裝可愛……當時到底學了哪些裝可愛小絕招……可惡啊！隨便啦！我只記得一個啊啊啊！

於是，我硬著頭皮湊到番茄汁身邊，在他仍呆愣著反應不過來時，用食指戳了他的臉頰一下，配音道：「啾！」

他呆呆看著我。

我收回手指，用頑皮又害羞的表情由下往上看著他，拚命眨眼睛。

「這……這是……！」鵝絨大驚。

「無意義裝可愛小絕招『啾』！」虎皮大姊喊道。

「沒想到竟然……」兔毛嗓音震撼。

「竟然會如此無意義！」狐裘震驚地接了下去。

「嗯，不愧是哥哥，表現得真好。」小八滿意地讚嘆。

此時，一道身影猛地出現在一旁，冷聲道：「好了，燃點，到此為止。」

番茄汁這才回過神，睨向一邊突然出現的深藍髮眼鏡男，煩躁地嘖了聲。

「你可終於來啦，死眼鏡。」番茄汁將茄紅巨劍從地面拔起，劍身閃過一陣紅光，頓時變成一條金屬項鍊，他將骷髏咬番茄項鍊掛回脖子上。

「在這裡請叫我參謀。」有著一頭深藍短的眼鏡男推了推眼鏡，皺眉看著番茄汁。

「哎呀，抵禦部的參謀可終於出現了。之前的犒賞員工大會和事前會議可都見不著你呢。」小八的嗓音出現在我身邊，我嚇了一大跳，發現穿著司令服的她真的就站在我旁邊。

「這不是司令部的總司令大人嗎？好久不見了。」眼鏡男微笑行禮。

「希管！」一陣熟悉的嗓音，我只感覺到黑影一閃，我就已經出現在離番茄汁他們有很長一段距離的地方，上方是……一臉擔憂的九世。

「九世？你、你怎麼會在這裡……」

嗯？順著他的視線，我才發現他在看的大概是我染滿血跡破破爛爛的衣服與衣服底下破破爛爛的傷口。

哦，被牛奶電，手斷掉，被巨大黑豹咬，被單邊眼鏡注射詭異藥物，被番茄汁的劍刺……說實在，我怎麼還能活到現在沒變成灰燼？

審視完我的傷口，九世目露兇光看向牛奶和番茄汁，手腕上的異行者禁制器滋滋作響，擺出的姿勢幾乎是要變出那柄黑色長槍殺過去了。

別、別開玩笑了啊！連你也衝破封印的話，地球可真會裂成兩半的啊！

「九世，讓你來的約定呢？」小八清了清喉嚨，突然說道。

嗯？約定？

九世咬牙，這才收勢，放開我。

呃？這是怎麼回事？

「嗯，很好。」小八滿意地點頭，補充道：「剩下的你們回去再繼續，你可以扒光吸管檢查他全身上下的傷口也完全沒問題。請盡量這麼做。」

「哦？這位黑髮的可真眼熟啊。」眼鏡男看著九世，瞇眼說道。

他冰冷的嗓音聽起來也很耳熟，我肯定在哪裡聽過……

「啊！」我突然喊道，把所有人都嚇了一跳，全都盯著我。

我也被自己嚇得不淺，趕緊解釋道：「不……呃……你的聲音很像之前在東區海灘的……兩棲艦上廣播的那個……」

「哦……那的確是我。」眼鏡男看向我。「想必你就是希管．德古拉吧？」

「呃……是的，你好。」

「冰點，抵禦部的參謀，初次見面。」眼鏡男伸出戴著白色手套的手。「雖然我已經在資料和螢幕上看過你很多次就是了。」

「希管．德古拉，司令部部員。」我趕緊和他握了握手。

他叫……冰點？呃，好詭異的名字。

「這位是燃點，抵禦部菁英部隊隊員。」冰點看向番茄汁，突然伸手壓下番茄汁的頭向我們行禮道：「這次很抱歉造成了各位的麻煩，對於他的處分定不會從輕發落。」

「啊，我們也早習慣了。」小八攤手，「畢竟抵禦部的別名可是『問題兒童部』啊。」

「過獎過獎。」冰點微笑。

「啊——煩死了！你這死眼鏡，要壓到什麼時候啊！」番茄汁拍開冰點壓著自己腦袋的手。

「那麼，我們就先告辭了。」冰點說道。

「嘖。」番茄汁不耐地搔了搔頭。

冰點和番茄汁離開後，CUP★LID司令部的人也都來了，當然還有醫護官粉紅頭。粉紅頭帶著她的醫護小隊檢查牛奶的狀況，替他戴上異行者禁制器。

「哦，天啊，吸管，你這次可真的超慘的。」兔毛邊用目光研究著我的傷勢邊嘖嘖了幾聲。

「有一大半都是你們害的吧！話說那黑豹是怎麼回事？太危險了啊！既然知道了為什麼還要我往右走啊！」我抗議道。

「哦？那個啊……」兔毛搔了搔臉頰，看向虎皮大姊。

「那是意料之外。」虎皮大姊攤手。

「我們原先已經在右邊準備好炸藥了，誰知道地面會突然塌陷……」狼毫說道。

「原本要救你離開的，總司令卻說先看看狀況再說……不過幸好還是完美達成任務了。」鵝絨攤手。

「一點都不完美吧！我可是真的重傷啊！」我欲哭無淚地喊道。「艾、艾斯普雷被你們害得碎掉了啦！牛奶還被防毒面具欺負，螺絲釘他們也差點就……」

「希管。」九世的嗓音，我趕緊回頭。

「我已立下了誓言，卻還是讓你受到傷害……」他的表情看起來非常落寞且自責。

「不、不不不！這不是你的錯啊！」我趕緊說道。「是我自己不小心……不對，是我有個過於邪惡的妹妹……啊……總之，不是你的錯。」

九世沉默，仍垂眼看著地面。

「呃……這個……唔……啊！對了，你之前種的蜜壺草也差不多該結果了吧？改天一起來做蜜壺餅吧！」怕他又想不開，我趕緊說道。

這似乎成功轉移了話題，他蜂蜜色的眼眸看著我，雖然仍面無表情，卻像……豎起了耳朵在搖尾巴？總之，他點了點頭。

哦，他果然還種著那棵蜜壺草，真有趣。

「好了好了，該讓吸管去一邊療傷了。」小八走了過來。

我這才跟小八一起走向粉紅頭那群醫護官，九世則被智囊團圍住問東問西的。

「我說……小八，剛剛妳說的約定是怎麼回事啊？」我問身旁的小八。

「哦，那個喔？」小八說道，「也沒什麼……就是和九世約好，可以帶他來找你，但他必須乖乖的，不能暴走或亂來。」

「……就這樣？」

「嗯。」

「他就聽了？」

「嗯，很乖吧？」小八攤手，「你訓練得真好啊。」

粉紅頭要我先在一個金屬箱上坐下，再來幫我檢查傷勢。

牛奶正在被另一群醫護組的檢查，有點慌張地看向我。我回他一個能令他安心的笑容，他的表情才放鬆了些。

「哦——不愧是莎管小姐。」砂金兩手插在口袋裡，挑眉道：「一顰一笑收放自如，令人小鹿亂撞啊。」

「吵死了。」我朝他翻了個白眼。

「所以……你們就是這樣封印了所有異行者？」砂金問道。

「並不是所有。」小八說道，「在大海的另一端，西境分部那裡，關著唯一一隻無法攻略的異行者。」

「哦……是嗎……」砂金說道，「原來還有無法攻略的異行者啊。」

「那個已經是鬼故事了吧……因為幾乎沒有人看過他。」我說道。小時後，母親還常拿這個來嚇我和父親……據說每次看我和父親抱在一起嚇哭的時候，她都和小八在一旁笑得東倒西歪。

「嗚啊……！」左手突然一陣巨痛，我不禁喊出聲來。

「吸管！」牛奶衝了過來。

「希管！」九世也出現在我身旁。

我含淚看向左手，就見粉紅頭將已經有一些肉黏接起來的左臂硬生生扯下，端在手中。

「嘻嘻嘻……真是悅耳的叫聲啊✚」粉紅頭笑瞇了眼，拎著我的左臂甩了甩。

「妳……」九世看著粉紅頭，已做好備戰姿勢。

「九世！沒事沒事，她只是在治療……應該吧……」我在心中飆淚。

「你這左臂都接歪了呢——當然得拔下來重接啊✚你也不想看見自己想搔頭卻搔到背

後吧？」粉紅頭歪頭，用桃紅色的眼睛看著我。

「是……是的……」看著她手中的我的左臂，我也只能這麼回答。

「哎呀呀，又受了這麼多傷✚太好了，真捨不得用麻醉呢……」粉紅頭陶醉地舔了舔嘴唇，「可惜這次看不見內臟……」

「小八！我要換人！換人啦！」我含淚看著小八。

「唉……沒辦法，誰叫CUP★LID裡就屬她醫術最好呢？」小八攤手。「就是人變態了點。」

不是變態了點……是超級變態啊！她可是CUP★LID三大女王之一——歡樂血女王啊！別開玩笑了！給她治療雖然肉體上恢復神速，卻會對精神造成不可磨滅的傷害啊啊啊！

還以為這次她只是去幫牛奶檢測，或只是查看我的傷勢，沒想到竟然是要親自操刀幫我治療嗎！

「嗯……先清理傷口、簡單噴一些止血劑，回去再慢慢享用吧。」粉紅頭拿著兩罐藥劑，不出五秒就替我粗略處理好傷口。

「好，回去再讓妳鉅細靡遺地治療他……呃，別解剖就好。」小八說道。

「放心，我切開的東西都會好好裝回去的✚嘻嘻嘻嘻……」

這……這人沒有醫療道德啊啊啊！給我換一個醫護官啦啊啊啊啊啊——

「好啦！牛奶，現在跟你解釋一下……」小八站起身，「之後你都必須戴著禁制器，讓我們隨時取得你的能力狀況，也能避免你突然衝破封印。CUP★LID會提供你吃住，在確認狀況穩定之前，你必須住在為你打造的異行者住所之內，定期接受檢查。這段時間內，你可以外出，但行為必須在法律規範的一般人類標準之內。只要不違法或是衝破封印，我們都不會加以干涉。」

「確認狀況穩定之後，你就可以回到你的發條城堡了，但還是得戴著禁制器，避免衝破封印。」

牛奶愣了愣，隨後點點頭。

九世站在我身邊，警戒地看著牛奶。

「嗯……由於你的情況比較特別，這段時間內，我們會讓你到CUP★LID旗下的企業研習，協助你習慣與人相處。」小八補充道。

哦？研習？嗯，的確，牛奶很怕自己傷害其他人或其他生物，所以不太習慣和別人靠近或接觸。

小八可能是要讓他去CUP★LID旗下的服務業研習吧?例如當飲料店店員或是餐廳侍者之類的……

「那個……」牛奶問道,「異行者住所……可以養貓嗎?」

養貓?對了,還有螺絲釘他們嘛!呃,但是螺絲釘他們會放電……和體質已經變成普通人的牛奶住在一起,真的沒問題嗎?

小八和其他智囊團卻都愣了愣,意味深長地看向我,拉長尾音道:「哦——」

呃?什麼?等、等等……他們該不會又誤會了吧!

「不、不是啦!」我趕緊澄清,「他是指齒輪、螺絲釘、焦油那三隻小貓,不是指我!對吧,牛奶?」我趕緊看向牛奶。

牛奶愣了愣,看向我。然後,回我一個笑容。

呃……你……你……

笑什麼啊!你根本沒搞懂我們在說什麼吧!這種時候要澄清啦!

第二十章　這次一定會是通往正常生活的里程碑

THOSE ALIENS TASTE NOT GOOD AT ALL

哦，莓果公爵夫人啊！多麼美味！多麼高級的香氣！不愧是 CUP ★ LID 最新限定口味，果然是繼水蜜桃公主之後的另一經典產品！

莓果的香氣與酸甜，些微冰沙與冷凍莓果粒，透明蘇打汽泡與豔紅的莓果汁，美麗的各種紅色愛心型的椰果！哦，不愧是莓果公爵夫人！讓多少花花公子拜倒在豔紅裙襬下的莓果公爵夫人啊！果然夠甜！夠甜夠甜夠甜啊啊啊！

「咳咳嗯！」違建走進教室。

嗯？我放下莓果公爵夫人，警戒地看向他。

今天第一節是瑪爾濟斯的地域社會學，可不是他的建設學……他這麼早來做什麼？該不會是……又有轉學生了吧？不可能吧？牛奶應該是被 CUP ★ LID 派去研習了才對，不可能有空來上課吧！

「各位同學……今天早上的全校晨訓會，因為校長臨時有事，咳嗯，所以暫停一周。」違建佝僂地在講台上說道，「還有，不要因為海灘夏令營和暑假快到了就得意忘形，咳嗯。

這次一定會是
通往正常生活的里程碑

在夏令營結束之後，暑假之前，咳嗯，等著你們的可是期末考。如果不及格，可是得回來補考的。補考又沒過，就得重補修了，咳嗯，請各位同學多多注意。」

期末考！對了，還有期末考這回事。

我算了算，距期末考只剩不到一個月……嗯，現在開始複習應該還來得及……吧。等等，這麼說來……九世也要期末考？他可是得從零開始學起啊！呃，算了，我都自身難保了，還是先別擔心他吧。

「咳，就這樣。各位同學多多保重，咳嗯。」違建推了推細瘦鼻梁上的眼鏡，佝僂著走出教室。

呼，幸好，幸好不是轉學生。我這才鬆了口氣。

就在此時，我卻聽見校門口傳來一陣騷動。

我皺起眉往窗外看，發現校門口圍了一整坨女學生，不知在開心地叫囂什麼。

這是怎麼回事……應該不是牛奶吧？牛奶又不是明星什麼的，不可能會產生這種效應吧？

那坨尖叫騷動的女生群從校門口逐漸向校內移動，從上面這個角度看起來真的挺詭異的，有點像是……啊！像是合力搬一塊糖果的螞蟻群。

嗯，算了，可能是三年級在拍畢業影片之類的吧。據說之前某班學長姐為了拍畢業影片，把他們導師倒吊在樹上半個小時，突襲校長把校長的假髮用各種方法弄飛……還有訓練一群鴿子大便在目標老師身上之類的。

現在只是聚集一群人在校門口邊尖叫邊移動，倒也挺和善的了。

我打了個呵欠，繼續喝我的莓果公爵夫人。

哦！美麗的公爵夫人！在午夜的薔薇花園之中，戴著面具和男士幽會，月光下、燭光間，或是舞池裡！小夜曲、交響樂，或是圓舞曲！哦，美麗的莓果公爵夫人！

「呀啊──白蘭地大人──」

「幫我簽名──」

「好帥啊啊啊──」

我眉頭一跳。

女生們的尖叫似乎越來越近，擾亂了我和莓果公爵夫人的幽會。

唔……反正今天放學再去買一杯，邊喝邊走回家好好享受。嗯，好！就這麼決定了。

那麼，我現在就繼續把莓果公爵夫人喝完──

嗯？

這次一定會是
通往正常生活的里程碑

一隻手拿走我手中的莓果公爵夫人。

我的視線順著那隻白皙修長的手往上移，移到一張白皙俊美的臉上。他有著一頭很有型地綁起、略長的淺棕色頭髮，深邃的綠色眼睛，以及帥得不可思議的五官。

他的手綁架了我的莓果公爵夫人，看著我露出微笑。

全班靜悄悄的，所有人都面色呆滯地盯著這個不知打哪出現、感覺有點眼熟的帥哥瞧。門外那坨原本不斷尖叫的女生也安靜下來，緊盯著她們的目標——原來她們剛剛從校門口一直尖叫到這裡的原因就是這個帥到讓人想用加農砲給他炸個三百回的人喔？

等等……為什麼這個帥到讓人想用加農砲給他炸個三百回的人要坐在我隔壁的桌面上，綁架我的莓果公爵夫人，這樣盯著我瞧？

他好像真的有點眼熟……等等，那群女生剛剛似乎是叫他……白蘭地？呃，該不會是那個據說歸國了的當紅模特兒白蘭地？

應該不會吧……雖然我不記得之前白飯那本寫真集上的模特兒白蘭地長什麼樣子，但模特兒白蘭地怎麼可能會莫名其妙跑到我們學校來玩呢？哈哈，肯定是撞名啦。

不，所以說……他到底要綁架我的莓果公爵夫人多久？

「同學們，已經快上課了，你們還要在這裡鬼混多久……」女教官不耐煩地走進我們教室，在看到我桌旁的帥哥時倒抽了口氣，腳一滑姿勢詭異地貼在背後的黑板上，抖著唇道：「白白白白白白白白白白白白白白白白白白蘭地……」

呃，這不是當時沒收了白蘭地寫真集的教官嗎？這反應似乎不太妙……我旁邊這個該不會是正版的歸國當紅模特兒白蘭地吧？

白蘭地看著我，突然開口道：「希管．德古拉？」

「呃……是？」我怔忡應道。

等等……他怎麼會知道我的名字？

他將莓果公爵夫人放到一邊，傾過身來，雙手撐在我的桌面上，和我距離之近讓我能聞到他身上的高級模特兒費洛蒙。

「嗨。」他右手在雙眼前一晃，原先的綠眸竟變成紅色，牙印才會有的紅色。

他露出嘴角略顯銳利的鑿齒，微笑道：

「還記得我嗎？哥——哥。」

這次一定會是
通往正常生活的里程碑

《第二集完》

國家圖書館出版品預行編目 (CIP) 資料

那群外星攻一點也不好吃 . 二 , 牛奶電波男 / 佐耶魯 作 . -- 初版 . -- 臺北市 : 奇異果文創 , 2014.09
面 ; 公分 . -- (輕物語 ; 2)
ISBN 978-986-90227-9-8(平裝)

857.7 103013805

輕物語 002

那群外星攻一点也不好吃（二）：牛奶電波男

作者：佐耶魯
封面&內頁插畫：沙夜
美術設計：舞籤
責任編輯：張傑凱

總編輯：廖之韻
創意總監：劉定綱
行銷企劃：宋琇涵

法律顧問：林傳哲律師／昱昌律師事務所

出版：奇異果文創事業有限公司
地址：台北市大安區羅斯福路三段 193 號 7 樓
電話：（02）23684068
傳真：（02）23685303
網址：https://www.facebook.com/kiwifruitstudio
電子信箱：yun2305@ms61.hinet.net

總經銷：紅螞蟻圖書有限公司
地址：台北市內湖區舊宗路二段 121 巷 19 號
電話：（02）27953656
傳真：（02）27954100
網址：http://www.e-redant.com

印刷：永光彩色印刷股份有限公司
地址：新北市中和區建三路 9 號
電話：（02）22237072

初版：2014 年 9 月 19 日
ISBN：978-986-90227-9-8
定價：新台幣 250 元